モンドリアンが偽名ならどう呼べばいい?
ヴィッキーだ
昨日のことはエディから聞いたけど……
エディ?
リィがその場にいなかったら……
リィ?
いったいきみにはいくつ名前があるんだ?
今のところこれで全部

クラッシュ・ブレイズ

ミラージュの罠

茅田砂胡
Sunako Kayata

C★NOVELS Fantasia

口絵
挿画　鈴木理華
DTP　ハンズ・ミケ

1

人の出会いというものは理屈では計り知れないが、それにしてもこれはいささか劇的に過ぎた。

リィはその日、一人で放課後の街を歩いていた。

アイクライン校からもっとも近い街はマーロンと呼ばれている。

この街を中心に、アイクライン、アルサチアン、ヴェルナール、サフノスク等、中高等学校から専門大学までが幅広く点在している。

「ヴィッキー！　珍しいじゃない。今日は一人？」

元気な声で話しかけてきたのはアイクライン校の高校三年生ファビエンヌ・デニングだった。

町角で偶然ばったり出くわして開口一番の台詞《せりふ》に、リィは小さく吹き出した。

「おれはそんなにいつもシェラと一緒にいるように見えるのか？」

「もちろんよ。だから一人でいるのが目立つんじゃない。喧嘩《けんか》でもしたの？」

「おれたちだってたまには別行動を取る時もあるよ。——そっちはデート？」

「そうよ。——わかる？」

「わかるよ。おしゃれしてるってことくらいはね」

ファビエンヌはいつも活動的な服装をしているが、今日は何だかスカートがひらっとしているし、薄く口紅を引いて、いつもはしない髪飾りをつけている。

「そういうのも似合ってる。可愛いよ」

正直な感想を述べると、ファビエンヌは大げさに肩をすくめた。

「その顔で真面目に言われるとこっちが照れるわ。あなたはどうなの。ガールフレンドはいないの？」

「残念ながら。おれはあんまり女の子にはもてないみたいだからね」

ファビエンヌは呆《あき》れ返った眼でリィを見た。

相変わらず自分がいかに人目を惹《ひ》く容姿であるか、少しも自覚していないらしい。

二人が立ち話をしている角の店は中学校の生徒に人気の雑貨店で、そこではちょうど女子生徒が大勢買いものに来ているところだった。

何人もの少女たちが陳列窓《ウィンドウ》越しに、そっとリィを窺《うかが》っている。

密かな興奮と憧《あこが》れを隠しきれない熱い眼差しだ。

どうして本人だけがこれに気づかないのだろうと、苦笑したファビエンヌだった。

「こっちのほうが気の毒になってくるわね」

「何が?」

「いいのよ。あなたにはわからないことだから」

今時の子は——もうじき高校を卒業する十八歳のファビエンヌは中学に入学したばかりの少女たちをそんなふうに表現している——男の子に対してそれほど消極的ではないはずなのに、この少年の前ではなぜか後込《しりご》みしてしまうらしい。

下級生の少女たちの中にもリィに憧れていながら、声を掛けられないと嘆《なげ》いている子が何人もいるのを知っていたが、それを教えてやるつもりはなかった。

教えても多分、無駄だからだ。

時計を見て言った。

「じゃあね。そろそろ行かなきゃ」

「ああ。——寮長によろしく」

連邦大学《ティラ・ボーン》の治安の良さは特筆すべきものがある。

子どもたちが安心して勉学に励《はげ》めるように、またその親たちが安心して子どもを託せるようにという配慮からだが、入国審査の厳しさは連邦の要である中央座標《セントラル》にも匹敵《ひってき》するほどだ。

生徒の身内といえども入国する際には事前連絡が不可欠なのだから、身許《みもと》の怪《あや》しい人間など、とても入国できない。

よほどの例外を除いて、武器の携帯も持ち込みも許されないし、もちろん販売することもできない。

当然、居住に関する規制もかなり厳しい。

学校周辺の街の住人は何代も前からそこに住んでいて、近所とも顔見知りという人間がほとんどだし、連帯感も強い。

いい意味での地域社会《コミュニティ》が機能しているのだ。

だからリィのような子どもでも、十代の少女でも一人で街を歩くことができる。

あまり治安のいいとは言えない国からやってきた生徒たちには特にそれが新鮮なのだろう。

週末はもちろん平日でも、学校が終わると同時に街へ飛び出していくのが常だった。

ただし、すぐに半端ではない授業内容に愕然《がくぜん》とし、連日の宿題の量に青ざめ、そうそう遊んでばかりはいられないと気を引き締めるのも常だったが……。

授業と寮生活に慣れてくると、外出できる時間とできない時間は自分で判断できるようになるもので、街は今日も大勢の生徒で賑《にぎ》わっていた。

中高生ばかりではない。大学生の姿も見える。

ファビエンヌを見送った後、リィは不快な視線を感じて振り返った。

自分に好意を寄せている少女の気配には鈍くても敵意には敏感なリィである。

案の定だった。二十歳《はたち》前後に見える大きな男子が三人、にやにや笑いながら近づいてくる。

生徒の安全のために気を配っている大学当局には申し訳ないが、危ないのは人気のない道よりむしろ街中で、さらに言えば大人よりも生徒のほうだった。

特にこんなふうに群れているのは厄介《やっかい》である。

三人は、自分たちのほうが相手よりずっと身体が大きいことに優越感を感じているのだろう。

小さなリィを頭から見下ろして言って来た。

「おまえ、時々うちの構内に顔を出してるよな」

「うちって？」

「しらばっくれるなよ。サフノスクだ」

中学生が大学の構内に顔を出すのも連邦大学では

珍しいことではない。

　飛び級で進級する生徒も大勢いるからだ。

　ただ、リィがサフノスク大学を訪れるのは知人が在籍しているからで、四人はどうやらそれに対して一言あるらしい。

「在籍してるわけでもないのにな」

「ちゃんと受講するならともかく、大学は子どもの遊び場とはわけが違うんだぞ」

「俺たちみたいな真面目な学生は迷惑してるんだぜ。反省しろよな」

　リィは黙っていた。

　言い返すのも馬鹿馬鹿しかったからだが、それが答えに窮《きゅう》しているように見えたらしい。

　ますます嵩《かさ》にかかって言って来た。

「聞いてるのか？　目障りだって言ってるんだよ」

「部外者にうろちょろされると気が散るんだ」

「大学当局と交渉して立ち入り禁止の措置を取ってもらってもいいんだぞ」

　小さなため息を洩《も》らしたリィだった。

　どこにでもこういう連中はいるものだ。

　年上の三人が相手でもリィは怯《ひる》んだりしないが、ここは街中だ。あまり思いきった手段も執《と》れない。

　まずは冷静に言い返してみた。

「サフノスクの学生は中学生が目の前にいるだけで勉強ができなくなるのか？　それは知らなかった」

　少年たちは意外そうな顔になった。

　ちょっとからかって困らせてやろうとしたのに、吹けば飛びそうな、少女のような顔だちの子どもが脅《おび》えるでなく、怯むでもなく、自分たちに正面から意見してくるとは思わなかったのだろう。

　リィにはもともと、十三歳の子どもとは思えない大人びた雰囲気がある。

　同年代の少女たちにはそれが自分たちを拒む壁のように感じられ、この連中のように数と力を頼みに群れたがる少年たちには生意気と映るのだろう。

　生意気な少年をちょっと懲《こ》らしめてやるつもりが

予想外の反撃を受けて、三人は表情を険《けわ》しくした。

素早く周囲に眼をやった。

人通りは少なくない。だが、自分たちにそれほど注目が集まっているわけではないことを確認すると、肩を怒《いか》らせて迫ってきた。

「言ってくれるじゃないか」

「そこまで言うならつきあえよ」

人前で騒ぎを起こすのはまずいと判断する程度の頭はあるようだが、見逃すつもりもないらしい。

人気《ひとけ》のない裏通りへ連れ込んで少し思い知らせてやろうというのだろうが、笑止千万である。

「どこまで行けばいいのかな？」

わざと相手を見下すような口調で言ってやると、三人はあからさまに怒りと侮蔑《ぶべつ》の表情を浮かべた。

「最近の中学生は口の利き方も知らないらしい」

「連邦大学全体の恥にもなる。しつけなおさなきゃいけないな」

「謝るなら今のうちだぞ」

年下の、華奢《きゃしゃ》な身体つきの少年と見て侮《あなど》り切っているのだろうが、それがまた笑える話だ。

リィもこの連中を見逃す気はなくなっていた。

ここで見逃しても恐らくまた同じことが起きる。

これ以上、自分にかまう気をなくさせる意味でも、この連中の身許は確認しておこうと思ったのだ。

「だから、どこへ連れていってくれるんだ？」

挑発するようなリィの言葉に少年たちがますます剣呑《けんのん》な顔つきになる。

リィに向かって声が掛かったのはその時だった。

「モンドリアン⁉」

リィはぎょっとして振り返った。

自分の名前ではないが、その名前にもその声にもいやというほど覚えがあったからだ。

背の高い黒髪の少年が驚きと喜びを顔に浮かべて、まっすぐこちらへ近づいてくる。

この時ばかりは我が眼を疑ったリィだった。

惑星ツァイスの高級学校《ハイクラス・スクール》の名門として知られる

全寮制男子校の聖トマス学園、その最上級生にして監督生でもあるザック・ダグラスだった。

啞然《あぜん》としながらリィは訊《き》いた。

「なんでここにいる？」

「体験留学だよ。来季からここに通う予定なんだ。モンドリアンこそどうしてここに？」

「あーっと、ちょっと待って」

珍しく焦《あせ》って狼狽《ろうばい》したリィだった。今ここでその名前を連呼されるのは非常にありがたくない。

三人のほうも邪魔が入ったことに不快感を示して、ダグラスに突っ掛かった。

「邪魔するなよ。俺たちはこいつに用があるんだ」

これにはダグラスが訝《いぶか》しげな顔になった。

生徒を束ねる監督生を勤めているくらいだから、彼は人並み以上の勇気も責任感も持っている。

相手が三人でも大人しく引き下がるはずもなく、厳しい眼で少年たちを見返した。

「そうはいかないな。きみたちの様子はどう見ても穏やかとは言えない。この子に何の用がある？」

三人は歪《ゆが》んだ笑みを浮かべた。

「穏やかじゃないって？」

「そっちこそおかしなことを言うじゃないか」

「俺たちはただ、こいつと話してただけだぜ」

そんな言い分にダグラスが説得されるはずもなく、胡乱《うろん》な眼で三人を見つめた。

「きみたちはサノーチェか？」

サノーチェはサフノスク大学生の総称である。

「だったら何だ？」

「ぼくもだ。社会学の短期留学生だが、きみたちの学部と名前を聞かせてもらおう」

三人はちょっと面食らったものの、前にも増して嘲《あざけ》りの表情で言い返した。

「留学生が在校生に意見する気か？」

引っこんでろと暗に言ったわけだが、ダグラスは真顔で頷《うなず》いた。

「そうだ。意見せざるをえない。短期留学とは言え、ぼくは連邦大学の一員として恥ずかしくないように振る舞うことを宣誓した。在校生が話してくれたが、連邦大学のどの学校でも、正式に入学すると同様の宣誓をするのだと聞いた。その誓《ちか》いに背《そむ》いたものは相応の処分を受けることになるのだと。きみたちがサノーチェならもちろん同じ宣誓をしているはずだ。この子と普通に話をしていただけなら学部と名前を言えないはずはないだろう」

堂々たるものである。

母校を離れても監督生気質は変わらないらしい。

連邦大学は生徒の非行や素行不良を見逃したりは決してしないところだ。何か問題を起こせば迅速《じんそく》に対応するし、程度によっては放校処分という厳しい措置もためらわない。

自分の行動には責任を取るようにというわけだ。

生徒もそれを知っているから学校側の眼を盗んで害のない悪戯《いたずら》をこっそり楽しむくらいはするものの、大勢で下級生をいじめたりは決してしない。

連邦大学は時代の社会を担う指導者や知的階級を育成しているのであり、弱者をいじめるような者はその地位に伴う責任能力がないと判断されるからだ。

三人ともそれは承知している。

ダグラスの言い分に理があるのは明らかなので、明らかに気勢を削《そ》がれた顔になった。

どうする？　と、無言で相談している。

リィはこの間、ずっとはらはらしどおしだったが、さらにまずいことになった。

フォンダム寮長のハンス・スタンセンがその場に加わってきたのである。

「ヴィッキー？　どうかしたのか」

よりにもよってこんな時に——。

なぜ狙ったように顔を出すんだと恨《うら》めしく思ったリィの心境など、ハンスはもちろん知る由もない。

ハンスとしては同じ寮のリィが大きな少年たちに囲まれているのを見逃せなかったのだろう。

それはわかる、よくわかるのだが、いったいこの状況をどう収めろというのか、リィがほとんど頭を抱えている間に三人は完全に意気消沈したらしい。

こんな道端で口論を続けていればいやでも人目を集めることになってしまう。

「忠告を忘れるなよ」

そんな捨て台詞を残して去って行ったのである。

少年たちを見送ったハンスは首を傾《かし》げて、リィに話しかけた。

「何だったんだ、今の？」

「こっちが訊きたい。それより……」

何とかハンスをこの場から遠ざけようとしたのに、ハンスは初めて見る顔のダグラスに話しかけていた。

「きみもアイクラインの生徒なのかい？」

今度はダグラスが不思議そうな顔になった。

ダグラスの考えではリィは転校してきたばかりで、まだ新しい学校には馴染《なじ》んでいないはずだからだ。

しかし、リィに対するハンスの態度はつきあいが浅いようには見えない。ずいぶん親しげである。

そうした疑問をダグラスが口にする前に、リィは慌《あわ》てて割って入った。

「寮長、そんなことより女の子を待たせていいのか。ファビエンヌはもうずいぶん先に行ったぞ」

「えっ、ほんとに？」

効果てきめんである。

ハンスは挨拶《あいさつ》もそこそこに切りあげ、慌ただしく待ちあわせ場所に向かっていった。

二人きりになると、ダグラスはリィを見下ろして、ちょっと照れくさそうに笑いかけてきた。

「ここできみに会えるとは思わなかった」

「おれもだ」

注意深く答えながらも、リィの頭は目まぐるしく回転していた。

何が最善かを素早く考えていたのである。

本来なら相手にしないのが一番いい。

このまま走って逃げてしまうことも一瞬、本気で考えたが、それは事態の悪化を招くだけだとすぐに思い直した。

この界隈《かいわい》にはリィの顔を知っている人間が山ほどいるのである。

それでなくとも自分の容姿は目立つものらしいし、ダグラスは真面目な性格で行動力もある。

偶然とはいえ、アイクラインの名を耳にした以上、素直に諦《あきら》めるはずがない。何が何でもリィの居所を突き止めようとするだろうし、このマーロンでならそれは別段難しいことではない。

ここで逃げたら、ダグラスがアイクライン校まで乗りこんでくる事態となるのは恐らく間違いない。

現にダグラスはここでリィと別れる気はさらさらないようで、躊躇《ためら》いながらも訊いてきた。

「モンドリアンは？　あらためて転入したのか」

リィは観念して天を仰いだのである。

こうなってはもう仕方がない。

下手《へた》に取り繕《つくろ》うのは逆効果だ。それより正面から当たったほうがいいと腹をくくって言った。


「ダグラス。それはおれの名前じゃないんだ」

「えっ？」

「モンドリアンっていうのは偽名なんだよ」

「何を言ってるんだ？」

ダグラスは驚いて言い返してきた。

「短い間でも、きみは聖トマスの生徒だったんだぞ。偽名でツァイスの高級学校に入れるわけがない」

「もっともな正論だけど、こっちが本当だ。それはおれの名前じゃない。——ついでに言うと、おれが聖トマスに転入した事実もない」

ありありと不審な顔になったダグラスに、リィは困ったように笑いかけたのである。

「そういうことで納得してもらえないかな？」

「無理だ」

ダグラスはきっぱり言った。

当然と言えば当然の答えだった。

「きみの口からはっきり説明してもらわなければ、納得なんかできるわけがない」

「そう言われてもダグラスが納得するように話せる自信がないんだ」

今度は呆れ返った顔になったダグラスだった。

そんなふざけた言い分が通ると思っているのかと、無言で迫ってくる。

ダグラスは背が高く、整った顔立ちで、険のある目つきをしている。そんな少年が小柄《こがら》なリィを睨《にら》みつけているのだから、知らない人が見たらそれこそいじめているように見えたかもしれないが、リィは「しょうがない」とでも言いたそうに肩をすくめて、微笑を含んだ眼でダグラスを見上げている。

こんな睨めっこでは勝負は決まっている。

負けまいと踏ん張ったダグラスだったが、思わず眼を逸《そ》らしてしまい、その自分の行動に舌打ちして決意も新たに視線を戻した。

「モンドリアンが偽名なら、どう呼べばいい？」

「ヴィッキーだ。ヴィッキー・ヴァレンタイン」

「それが本名なのか？」

「まあね」

本当はもっと長ったらしい名前が別にあるのだが、それを言い始めたらきりがない。

「アイクラインというのはきみの学校か？」

「ああ。そこの中等部一年だよ」

リィが淀《よど》みなく答えたことでダグラスはひとまず不審を解いたらしい。

躊躇いがちに申し出てきた。

「今日は時間がないんだ。よかったら、明日にでもまた会って話せないか？」

「いいよ。だけど、あまり人の多くない場所で」

リィは頷いて、付け加えた。

「特にこの近くでないほうが嬉《うれ》しいな」

「じゃあ、サフノスクの近くまで来られるか？」

「もちろん」

ダグラスは少し考えて言った。

「構内の一番南側に一般に開放されている図書館があって、その前のメルヴィル通りをまっすぐ行くとボーディンの交差点がある。右へ曲がってサマーズ通りをしばらく進むと、左手にアレクサ通りという細い道があるんだ。その37番地まで来られるか?」

「たぶん。行けばわかると思う」

「じゃあ、明日の——そうだな。午後四時に」

「わかった」

　アレクサ通りは気をつけていなければ通り過ぎてしまうような路地だった。

　両脇に建ち並ぶのは年月を経た集合住宅ばかりだ。この辺りはマーロンの中でも旧市街に当たるので、少なく見積もっても百年の歴史はあるだろう。

　その壁の間を縫《ぬ》うように細い道が延びている。

　ダグラスが指定した37番地も、一見したところは当たり前の集合住宅に見えた。

　普通に人が住んでいる民家ということだ。

　扉は樫板《かしいた》に鉄枠を嵌《は》めこんだ古めかしいもので、当然鍵が掛かっている。

　こういう集合住宅では扉の横に住人の標札が列び、それに伴った暗証番号式の端末があるのが普通だが、この扉の横には呼び鈴が一つしかない。

　ここでいいのかと思いながら呼び鈴を鳴らすと、壮年の男の声が応じてきた。

「どなたかな?」

「ヴィッキー・ヴァレンタイン。ここへ来るように、ダグラスに言われたんだけど……」

　答えはなかったが、誰かがどこかで自分をじっと見ていることにリィは気づいていた。

　鍵が解除される音がした。

　入れという意味に解釈して重そうな扉を押すと、簡単に開いた。

　扉をくぐったところは狭い通路になっていた。

　窓が一つもなく、昼間だというのにうす暗い。

　しかし、通路の先を見れば建物の中にも拘《かか》わらず、陽の光が燦々《さんさん》と降りそそいでいるのが見える。

　通路を抜けると、そこには豊かな緑がいっぱいに広がっていた。

芝生《しばふ》や花壇《かだん》の類《たぐい》ではない。

庭と言ってしまうには怖ろしく見晴らしが悪く、奥がまったく見通せない。

見上げるような背の高い木がふんだんに植えられ、地面は花をつけた灌木《かんぼく》や茂みやらでびっしり覆《おお》われ、その間を縫うように小道がつくられている。

呆気《あっけ》にとられた。

林と言うには少し小さめだが、これはもう立派な木立と言っていい。

もちろん自然の木立ではない。そう見せてあるが、明らかに人の手が入っている。

まさかこんなものが建物の中に――それも民家の中にあるとは思ってもみなかった。

木立の奥から男が現れた。

がっしりした体つきの五十年輩の男で、どうやらさっきの声の主らしい。

リィに向かって、ついて来いという仕種《しぐさ》をする。

大人しくその後に従って歩き始めると、ちらほら人影が見えた。小枝や灌木が邪魔してはっきりとは確認できなかったが、一人で本を読んでいる学生のような若者がいるかと思えば、近所の住人に見える老夫婦が楽しげに談笑している。

それでいながら、その人たちと正面から出くわすことは一度もなかった。

不思議なつくりだった。

普通の庭園なら、第一にもっと見晴らしがいい。たとえ高木を多用した庭であってもだ。遠くまで視線が届くし、好きなところへ歩いていけるようにちゃんと道が設けられているはずだが、ここは違う。

人ひとりがやっと通れる程度の細い小道が茂みの中に網の目のようにはりめぐらされている。

結果、他の人とはなるべく顔を合わせないようにうまくできているわけだ。

男がリィを案内したのは、まだ若い木の下だった。

周囲は灌木と下草に囲まれているが、足下だけは自然に踏み固められて地面が見えている。

そこに丸太を割ってつくったような素朴な机と、切株を加工した武骨な椅子が並んでいる。

似たようなものなら街の公園でもよく見掛けるが、これは本物の材木だった。

いい具合に色褪《あ》せて木立の一部と化している。

ただし、ダグラスの姿は見当たらない。

ここで待てという意味だろうと思って切株に腰を下ろすと、今まで黙っていた男が言った。

「ご注文は？」

これにはびっくりした。

リィは思わず年相応の口調で問い返していた。

「ここ、お店なの？」

眼を丸くするリィを見下ろして、男は微笑した。

「ま、そんなようなもんだ。こんなに若くて可愛いお客さんは珍しいがね。――ココアでいいかね」

「それはちょっと。甘味抜きのお茶か珈琲《コーヒー》を」

男が離れていった後、リィはつくづく感心して、周囲を確認した。

頭上には小枝が広がり、木漏れ日《こもれび》が差している。

眼を凝らして彼方を見ると、高い小枝に遮《さえぎ》られてはっきりしないが、四隅に間違いなく壁がある。

ということは、ここは中庭なのだ。

集合住宅に中庭があること自体は珍しくないが、これほどの規模の、しかもこんなに樹木の密集してつくられたものは滅多にないはずである。

しばらく待っていると、飲物が届けられた。

特大のてんとう虫のような、荒地用の自動機械が静かな作動音とともにやってきて止まる。

旧型らしく、止まったらそのまま動かない。

リィが蓋《ふた》を開けてみると、中には大きなポットと茶碗《ちゃわん》が入っていた。

香りからすると中味はハーブティーである。

このお茶は冷めてもおいしく呑《の》める。

しかもこれだけの量だ。長居してもかまわないということらしい。

自分でお茶を注《そそ》ぎながら、おもしろい商売をする店もあるものだとリィは思った。

通りには何も看板は出ていなかったし、呼び鈴を鳴らすまで扉に鍵が掛かっていたのも間違いない。

あの様子では他に入り口があるとは思えないから、客であっても自由にこの中には入れないことになる。

他人事《ひとごと》ながら心配になってきた。

(そんなことで儲《もう》かるんだろうか……?)

約束の時間になってもダグラスは現れなかったが、退屈はしなかった。

すぐそこにビジネス街のサマーズ通りがあるとは信じられないくらい穏やかな空気が流れている。

陽射《ひざ》しは暖かく、木の幹《みき》をゆっくりと虫が這《は》い、他の客の話し声が木立の奥から聞こえてくる。

鳥の囀《さえず》りのようで、それすら耳に心地よかった。

普通の十三歳の少年ならとても一人でじっとしていられなかっただろうが、こうした時間はリィには好ましいものだった。


人工的につくられた箱庭のような小さな空間でも、適度な静寂と適度な生きものの活気がある。

土の匂いや木の感触、風の香りが楽しかった。


その頃、シェラはルウと会っていた。

サフノスクの学食でシェラはオレンジジュースを、ルウは今日のデザートのありったけを並べている。

「面倒なことになったねえ……」

「はい」

硬い顔で頷いたシェラは、ずっと気になっていた疑問を尋ねてみた。

「あの人は偶然にもほどがあると言っていましたが、ルウ。これは本当に偶然でしょうか?」

「そう言いたくなる気持ちはわかるけど、偶然だと思うよ。ツァイスの高級学校は高校課程までだから。連邦大学に進学する人も少なくないんだけど……」

甘いものの大好きな黒い天使が、今はできたてのフォンダンショコラにも気を引かれない様子である。

「よりにもよって、何もサフノスクに来なくたって よさそうなものなのにね……」

一口に連邦大学といっても、その規模は惑星一つ丸ごとを指すのだ。

こうなると同じ連邦大学の学生だから交友があるだろうという理屈は間違っても通じない。

同じ学校に籍を置いていても、選択課目が違えば卒業するまで顔を合わさないことも珍しくないのだ。

入学前の知人と偶然にも街中で出くわすとなると、天文学的に低い確率のはずである。

「それで、何かわかりましたか?」

シェラの質問にルウは首を振った。

「寮の知り合いに社会学を専攻している子がいてね。それとなく訊いてみたけど、はっきりわかったのはダグラスくんの出身地だけ。惑星ダルチェフ」

勤勉な中学生のシェラはその名前を知っていた。

「社会主義体制の星ですね?」

「うん。ダグラスくんは富裕層の出身なんだろうね。でなきゃツァイスの高級学校には通えないよ」

「父親はかなり社会的地位があるということですね。家族構成は?」

「そこまでは無理。ダグラスくんは一週間前に留学してきたばかりで、今は勉強に一生懸命《けんめい》らしいから。事務局に問いあわせても学生の個人情報は極意事項扱いで、同じサノーチェであっても閲覧はできない。アイクラインも同じ仕組みになってるはずだよ」

「そうですか……」

「結局、誰かのことを知ろうと思ったら、その人と親しくなって本人に訊いてみるのが手っとり早い。あの子、今ダグラスくんと会ってるんでしょ?」

「ええ」

シェラは苦い顔だった。

本当はリィ一人で行かせたくはなかったのだ。

あの人のことだ。相手の情報を仕入れるより先に相手を怒らせてしまうことが多分にありうる。

ルウも同じことを考えていたらしい。

二杯目の紅茶にミルクを入れて、いやに念入りにかきまわしながら、独り言のように言ったものだ。

「ぼくにとっての最悪はダグラスくんが大騒ぎして、聖トマスに通報することだ。以前うちの生徒だったモンドリアンの身許調査はどんな手順でやったのか――本当にちゃんと確認したのかってね」

「ですけど、どんな記録を調べても今のあの人にはたどりつけないはずでしょう？」

「もちろん。そんな手ぬかりはしてない。学校側も真剣には受け取らないはずだけど、ダグラスくんがヴィッキー・ヴァレンタインの身許に重大な疑問を抱いてアイクラインの事務局に調査を要請する――なんていう事態も避けたいんだよ。アイクラインの事務局にしてもそんな要請は相手にしない。一笑に付すだろうけど、こんなことが万一アーサーの耳に入ったらたいへんだよ」

それでなくとも自分はリィの保護者にはたいへん信用がないのだ。

「できることならその子の記憶を消してしまうのが一番安全確実なんだけど……」

「できるんですか？」

「難しいね。なぜって、ダグラスくんがどんなに頑張っても、アイクラインにいるあの子と聖トマスの転校生が同一人物だという証明は彼にはできない。その証明ができない以上、ぼくたちは何も現実的な被害は負わないことになる」

シェラが美しい眉《まゆ》を曇らせる。

「実害がない限り、非常手段は使えませんか」

「そういうこと。けどねえ……そんな疑問を抱いた人がいるってこと自体がまずいんだよ」

「彼の沈黙を期待するしかないということですか」

「――黙っててくれるかな？」

シェラもルウも直接にはダグラスを知らない。

「あの子はダグラスくんのことを生真面目な性格で融通《ゆうずう》の利かない優等生だって言ってたけど、わりと気に入ってるみたいだしね」

「それはわたしも感じました。ただ……」

「なに？」

「真面目一辺倒の人物ではないと思います。いえ、もしかしたら真面目な優等生を無理に続けた反動が表れたのかもしれませんが……」

「何のこと？」

「そのダグラスくんはあの人を慕《した》っているんです」

「あれま」

ルウは青い眼を丸くした。

「それ、ほんと？」

「ええ。恐らく。どうしてよりによってダグラスに会うんだ──という口調でしたから」

リィは詳しいことは言わなかったが、シェラにはぴんと来た。

それはつまり、リィもダグラスの気持ちを知っているということだ。

ルウはむしろ、何か期待する調子で呟《つぶや》いた。

「じゃあ、身分詐称《さしょう》を黙っていてやる代わりにって、ダグラスくんはあの子に迫ったりするかな？」

応えてシェラは苦い息を吐いた。

「いっそ、そうしてくれればと心から思いますよ」

「この場合は全面的に賛成」

実際、それなら話は簡単なのだ。

リィはダグラスを半殺しの目に遭《あ》わせるだろうし、身の安全と引き替えに他言無用を誓わせる。

それで終わる話だ。

しかし、恐らくそうはならない。

黒い天使と銀の天使は再び最初に戻って、揃《そろ》ってため息をついた。

「面倒なことになったもんだねえ……」

「はい」

2

約束の時間から遅れること二十分、ダグラスは息せき切ってやってきた。

「すまない。講義がなかなか終わらなくて」

「いいよ。――おもしろいね、ここ」

「気に入ったかい？」

「ああ。居心地がいい」

「よかった」

笑顔になったダグラスだったが、彼はすぐにその微笑を消し、何だか硬い顔で切株に腰を下ろした。

リィは逆にくつろいだ様子で茶碗《ちゃわん》を取った。

「このお茶もおいしい。――ダグラスは？」

「珈琲《コーヒー》を頼んできた。もうじき届くよ」

その言葉どおり、しばらくすると再び自動機械がやってきた。

ダグラスが中から取りだしたのは空っぽの茶碗に熱湯が入っていると思われるポット、香りからして挽《ひ》き立てに違いない珈琲豆。抽出の道具一式。

それらを机の上に並べて真剣な顔で珈琲を淹《い》れるダグラスを見て、リィは苦笑した。

「ずいぶん徹底したセルフサービスだ」

「それもここの楽しみの一つなんだよ。豆の種類も豊富だし、その豆も注文を受けてから焙煎《ばいせん》して配合《ブレンド》してくれるんだ。道具もいろいろ揃《そろ》っているから、慣れると自分好みの味を淹れられるようになる」

「こっちに来たばかりだろうに、よくこんなところ知ってたな？」

「叔父が――母の弟がサフノスクを卒業してるんだ。二十年も前のことだけど、その頃からここは一部の学生の間では評判だったらしい」

「だろうな」

リィが言ったのは、この庭は二十年では利かない年季が入っていると思ったからだ。

「サフノスクに短期留学すると報告したら、叔父がここを教えてくれた。とっておきの隠れ家で憩《いこ》いの場だって。ただし、滅多なことでは入れない。運がよければ中を覗《のぞ》けるかもしれないと言われたよ」

「運がよければ？」

「ああ。ジェイソンは——ここの主人だけど、気に入った客でないと中に通そうとしないんだ」

リィは眼を丸くして、さっきの疑問を口にした。

「よくそれで商売になってるな？」

ダグラスは笑って首を振った。

「利益は最初から考えていないんだ。ジェイソンはサマーズ通りに貸店舗をいくつも持っている大家で、この建物も庭も彼の持ち物だからね」

「へえ……」

「ここは彼の道楽なんだよ。雨が降れば休業だし、晴れていても入れない時もある」

「じゃあ、おれも追い返されたかもしれないな」

「きみは入れると思っていた」

真面目に言って、ダグラスはリィを見た。

何から話せばという困惑が如実《にょじつ》に感じられたが、思案の末、ダグラスは単刀直入に切り出した。

「きみはいったい何なんだ？」

「昨日も言った。アイクライン中等部の一年生」

「出身地は？」

「ダグラスは？」

「質問しているのはぼくのほうだぞ」

「ダグラスが答えてくれたら、おれも答える」

「出身は惑星ダルチェフで、父は政治家をしている。——きみは？」

「生まれは惑星ベルトラン。——遺伝学上の父親はそこの州知事だ」

「遺伝学上？　おかしな言い方をするんだな」

「仕方がない。本当のことだからな」

近くに人がいないとわかっていても、ダグラスは思わず声を低めた。

「きみが……違う名前で聖トマスにやってきたのは、きみの父親が関係しているのか？」

「アーサーは何も知らない」

強い口調で否定したリィだった。

「あれはおれが勝手にやったことだ。自分の意志で。アーサーは関係ない」

「だけど、きみは未成年だろう？　ツァイスの高級学校は生徒の身許《みもと》を入念に調べて確認を取る。編入審査も半端じゃない。その審査を通るような架空の人物の履歴《りれき》を用意して、しかも信じこませるなんて、中学生にできることじゃないぞ」

「もちろん、おれにはできない。おれの知り合いにそういうことができる人間がいるだけだ」

「誰だ？」

「言えない」

「モンドリアン！」

「ヴィッキーだと言っただろう。それだけは憶えてもらわなきゃ困る」

理解に苦しむ顔になったダグラスだった。

ダグラスにとって、突然転入してきて突然去って行ったこの少年は謎そのものだった。

外見こそ（とびきり美しいという一点を除けば）当たり前の十三歳の少年に見えるが、そんなものに騙《だま》されてはいけないことをダグラスは知っている。

リィも表情をあらためて、ダグラスを見た。

「今日ここに来たのはダグラスに話があったからだ。頼みと言ってもいい。おれが聖トマスにいたことも、違う名前で過ごしていたことも、誰にも言わないで黙っていてほしい。家族にも学校の友達にもだ」

低く呻《うめ》いたダグラスだった。

どこまで無茶を言うのかと思った。

「だったら本当のことを話してくれ。きみが何者で、何の目的があって、具体的にはどんな手段を使って、聖トマスに編入したのかをだ」

「それを聞いて何になる？」

「…………」

「おれは確かに身分詐称《さしょう》をしたけど、それで誰か傷ついたわけでも、被害が出たわけでもないだろう。あれはもう全部終わったことなんだ」

ダグラスは思わず唇《くちびる》を噛《か》んだ。

嘘《うそ》やでたらめを言っているわけではない。

適当に誤魔化そうとしているわけでもない。

この少年が真摯《しんし》な姿勢で自分と向きあおうとしているのはわかる。それはよくわかっているが、何も説明せず、情報を渡そうともせず、一方的に沈黙を守れと要求するのはあまりにも虫がよすぎる。

そう判断したダグラスは意を決して、険《けわ》しい眼を金髪の少年に向けた。

「きみがどうしてもその頑《かたく》なな態度を続けるなら、ぼくとしてはアイクラインに出向いて、知る限りの事実を告げるしかないんだぞ」

途端、緑の瞳《ひとみ》がきらりと光った。

危険な光だった。

「おれを脅迫《きょうはく》する気なら話はここまでだ」

頭を抱えたダグラスだった。

やましいところがあるのはこの少年のはずなのに、自分は何も不当な要求はしていないのに、どうしてこちらが非難されているような気になるのか……。

理不尽だと思いながらあまり強く出られないのは、ダグラスがこの少年に負い目を感じているからだ。

初めて見た時、宗教画の天使が絵画の中から抜け出して、肉体を得て現れたのかと思った。

その美貌《びぼう》に一目で心を奪われた。

今もこうして向きあっているだけで胸が騒ぐ。

陽の光の下で見ると、金の髪と緑の瞳がきらきら輝いて、肌は匂うようで、真昼の夢のように美しい。

ともすれば見惚《みほ》れてしまいかねない自分を叱咤《しった》し、くじけそうな心に懸命《けんめい》に制御《ブレーキ》を掛けて、ダグラスは相手を説得する調子で訴えた。

「ヴィッキー。ぼくはきみを責めるつもりはない。もちろん追い詰めたいわけでもない。ただ、真実が知りたいだけなんだ」

「おれの名前はヴィッキー・ヴァレンタイン。今はアイクラインの中等部一年生。真実はそれで全部だ。他に何も言うことはないよ」

「それでは納得できないと言ってるんだ」

食い下がるダグラスに、リィは細い肩をすくめた。

「気持ちはわかるよ。正直、これしか言えないのは申し訳ないと思ってる」

「…………」

「だけど、これだけは確かだ。おれは悪意があって聖トマスに転入したわけじゃない。犯罪に加担したわけでもないし、何かの不正を働いたわけでもない。嘘の身元を言ったことが立派な犯罪だと言われたら反論できないけどな。それでも、後ろ指を指されるようなことは何もしていない」

そうだろうなとダグラスも思った。

この少年はいっぷう変わった正義感を持っている。

法厳守の精神に則《のっと》ってみれば独善的と言われてしまいかねないし、個人が勝手に正義を決めるのはある意味、非常に危険なことだが、ダグラスもその正義感に助けられた一人だ。

「きみの言うことは正しいんだろうと思う。きみはとても——公正な子だから。少なくともぼくはそう思っている。だからこそ理由が知りたいんだ」

リィはその要請には答えようとしなかった。

ハーブティーを一杯飲み干して、落ち着き払った眼をダグラスに向けてきた。

言うべきことは——話せることはすべて話したと言わんばかりの眼の色だった。

失望と苛立《いらだ》ちを憶えなかったと言ったら嘘になる。

ダグラスは万事にまっすぐな性格で、白か黒かをはっきりさせなくては気が済まないからなおさらだ。

だが、人の心は自分の都合通りには動かせない。

特にこの少年はダグラスがどんなに問い詰めても、こちらが望んでいる答えを寄越す気はない。

それだけは理解せざるをえなかった。

だからといって諦《あきら》める気は毛頭ないダグラスは、

残りの留学期間をすべて使ってでも、この少年から真実を聞き出してみせると密かに誓《ちか》ったのである。

「……また会ってくれるか？」

「質問攻めをやめると約束するなら」

一瞬言葉に詰まったダグラスだが、咄嗟《とっさ》に機転を利かせてこう切り返した。

「どうしてだ。普通の質問ならかまわないだろう？　学校では何を勉強しているのかとか、どんな友達がいるのかとか……」

リィはちょっと笑った。

「心配性の母親みたいな台詞《せりふ》だ」

「きみの母親もそういうことを言うのか？」

「マーガレットは言わないよ。そういうことを気にするのは圧倒的にアーサーのほうだ」

ダグラスは訝《いぶか》しげな顔で首を傾《かし》げた。

「……どうも違和感があるんだが、ベルトランでは両親を名前で呼ぶのが普通の習慣なのか？」

「まさか。こんなのはおれだけ。アーサーはそれが気に入らなくてさんざんごねてる」

「ごねるだけだなんて、ずいぶん甘い父親だ」

「おれもそう思うよ」

それからは互いの家族や故郷の話をした。

十八歳と十三歳の少年では共通の話題を捜すのも難しいが、寮の話や短期留学の忙しさなど、意外に話が弾《はず》んで、あっという間に時間が過ぎた。

「いけない。もうこんな時間だ」

ダグラスは慌《あわ》てて立ち上がった。

いつの間にか庭は夕焼けに染まっている。

会計を済ませてジェイソンの庭を出ると、二人はボーディンの交差点まで一緒に歩いた。

「フォンダム寮は方向が違うだろう？」

「いいんだ。サフノスクに知り合いが通ってるから。これから会う約束なんだよ」

「今から？　夕食に帰れなくなるぞ」

「大丈夫。今日は外で食べてくるって断ってきた」

ダグラスは呆《あき》れたような顔になった。

「正直、連邦大学の自由放任主義には驚かされるよ。中学生に一人で外食を許すなんて」

「一人じゃない。その知り合いと友達も一緒なんだ。――今度紹介するよ」

「それはぜひ、お願いしたいな」

この少年の親しい友人には興味があった。

交差点に差しかかる頃には、帰寮する学生たちの姿がちらほら見えるようになっていた。

通りすがりに、ダグラスの知り合いらしい青年が声を掛けてくる。

「やあ、ダグラス。ずいぶん可愛い彼女だな」

「違うよ。残念ながら」

まさか『それを言うなら彼氏だよ』とは言えずに笑って言葉を濁《にご》したダグラスだった。

「じゃあ、またな」

「ああ、また近いうちに」

ダグラスは交差点でリィと別れ、大学に向かった。

ダグラスの住むドレイク寮は大学の構内にある。

サフノスクには校門もなければ塀《へい》もない。

ここから先が構内という明確な仕切りはなくても周囲の雰囲気が雄弁にそれを物語っている。

街はいつの間にか遥《はる》か遠くに姿を消し、代わりになだらかな緑が見渡す限りに広がり、校舎や施設が点在する光景が現れる。

彼方には山や森まで見える。

こうした環境のよさは施設や教師陣の質の高さと並んで、格式ある学校が特に力を入れる部分だ。

聖トマスを含むツァイスの高級学校も、その点を大いに誇っているが、ここはそれ以上かもしれない。

足早に寮を目差していたダグラスだったが、突然後ろから声を掛けられて足を止めた。

「ザック・ダグラスくん？」

そこに立っていたのは四十歳くらいの痩《や》せた男で、大学の構内には極めてふさわしくない堅苦しい黒のスーツを着ていた。表情は険しく、雰囲気もどこか威圧的で、息苦しさを感じさせるような男だ。

訝しみながらダグラスは言った。

「そうですけど、あなたは？」

男は自分の左手首を見せた。

右手に握った端末で左手首を照射すると、空中に身分証明書が浮かび上がる。

「ダルチェフ国土安全保障局の者です」

「えっ？」

耳を疑ったダグラスだった。

それは国家の中枢に関わる重要機関のはずだ。

そうそう一般人の前に姿を見せるものではないし、留学中の一学生の前に堂々と名乗って現れるような組織では断じてない。

面食らっていると、男はさらに言った。

「わたしはジョン・ブラウン。留学は一時中断して、ただちにわたしと共に帰国していただきたい」

「何ですって？」

「ザックくん。突然こんなことを言われて驚くのも無理はありませんが、わたしは政府の密命を受けて来た者です。きみの身に危険が迫っているのです。しかし、その危険の種類は祖国の事情と複雑に関係しているため、他国には説明できません。もちろん連邦大学にもです。残念ながら我々に取れる手段は一つです。きみにはただちにダルチェフ行きの便に乗ってもらわなくてはなりません」

解読不能な古代語を聞いている気がした。

ダグラスは茫然《ぼうぜん》と突っ立っていたが、ブラウンと名乗った男は落ち着き払って言ってきた。

「荷作りは不用です。必要最低限のものだけ持って来てください。ここへ車を回します」

「ちょっと……ちょっと待ってください。いきなりそんなことを言われても……」

その口調はまだ戸惑いが強かったが、同時にこの相手に対する警戒心と不信感も覗かせていた。

そんなダグラスの耳元で、男は低く囁《ささや》いたのだ。

「お父上の周辺に不穏な動きがあります」

ダグラスは今度こそ絶句した。

顔色を変えて男に迫った。

「父に何かあったんですか⁉」

「ご心配なく。お父上はご無事です。現在は我々が安全な場所に保護しています。もちろんお母さまも、お兄さんもです」

「な……？」

「申し訳ないが、詳しいことはお話しできません。わたしには許されていないのです。確かな事実は、何者かがお父上に苦痛を与えようと企んでいること、そのもっとも効果的な手段として、ご家族に狙いを定めたと思われることです。そこでわたしが政府の密命を受けて参りました」

ダグラスは半信半疑で男の話を聞いていた。

父が要職にあることは知っていた。

地元の議会でかなりの発言力を持っていることも、敵がいないとは断言できないことも知っていた。

父の立場では好むと好まざるとに拘《かか》わらず、人の恨《うら》みを買っていないとは言い切れない。

しかし、父にどんな遺恨があるにせよ、政敵なら政治の場で雌雄を決するべきではないか。

相手の家族を狙い、危害を加えようとするなんて、それはもうまともな人間のやることではない。

「いったい……誰が父を狙っているというんです？どうしてぼくたちまで狙われるんです⁉」

ブラウンは沈痛な表情で首を振った。

「申し訳ありません。それはお答えできないのです。現在、祖国では我々の仲間が全力を挙げて容疑者の特定作業を続けています。言うまでもなくこんな卑《ひ》劣《れつ》な手段を用いる輩《やから》を許すことはできません。必ず身柄《みがら》を拘束《こうそく》します。しかし、ザックくん。あなたの身に何かあったらお父上の嘆《なげ》きはいかばかりのものになるか、それを考えていただきたい」

「ですけど、今すぐ帰国だなんて……！」

ダグラスが不満の声を上げると、男は懐《ふところ》から携帯端末を取り出した。

「お母さまからこれを預かって参りました」

そう言って、男は表示部分をダグラスに見せて、映像を再生したのである。

「ザック……」

よく知っている声が自分の名前を呼ぶ。

つい先日、留学前に一時帰国したが、その時とは別人のように憔悴《しょうすい》した母の顔がそこにあった。

「さぞかし混乱しているでしょうね。お母さんにも何が起きているかわからないのです。お父さんとは先程話しましたが、わたしたちのためにも今はこうするしかない、長い間ではないから辛抱してくれと、そうおっしゃっていました。国土安全保障局の人があなたを迎えに行ってくれるそうですから、お願い。すぐに戻ってきてください」

ほとんど泣き出しそうな口調に、ダグラスの胸は締めつけられた。

母はもともと芯の強い気丈な女性で、ともすれば、父を叱咤激励する役だった。

その母がこんな弱音を吐くなんて、何かとんでもないことが起きたと判断するしかない。

衝撃から立ち直ったとはお世辞にも言えないが、ダグラスはこうと決めたら素早かった。

母の言う通り、頭の中は大混乱を起こしているが、ぼうっと突っ立っている場合ではない。今は急いで母の元まで駆けつけなければならなかった。

「……すぐに仕度します」

「大学当局には余計なことは言わないでください。祖国の政治事情にも関わることです。申し訳ないが、お父上が急な病に倒れたとだけ話してください」

「わかりました」

頷《うなず》いて足早に歩き出そうとしたダグラスの肩を叩いた人がいる。

「ヴィッキー？」

とっくに別れたはずの少年がすぐ傍《そば》に立っていた。

いつの間にここまで近づいてきたのかと思ったが、少年は自分の前に立っているブラウンを見つめると、ダグラスに視線を戻して問いかけてきた。

「何かあったのか?」

「ああ。すぐに帰国しなくてはならなくなった」

ダグラスは緊張の面もちで言った。

「残念だよ。きみとはまたゆっくり話したかったが、そうもいかないらしい。これから発たないと……」

「ダルチェフって、ここからどのくらい?」

「高速船で五十時間は掛かる」

「じゃあ、その前に恒星間通信でお母さんに連絡を取ったほうがいいよ」

心ここにあらずで話していたダグラスは訝しげな眼で少年を見下ろした。

「何だって?」

「この人がここに来るまで丸二日も経っているんだ。状況に変化があったかもしれないだろう?」

言われてみればもっともだが、横からブラウンがやんわりと指摘した。

「お母さまは既に避難施設に入られていますから、お宅には誰もいません。それより急いでください。我々は時間を無駄にするべきではない」

だが、少年は引き下がらない。

「念のためだよ。端末ならすぐそこなんだから」

「ヴィッキー、今はその時間も惜しいんだ。第一、意味がない。家に連絡しても母は出ない」

「それはその人がそう言ってるだけだろう」

一瞬、少年の言葉の意味が理解できなかった。

ダグラスは眼を丸くして再び問いかけた。

「何だって?」

「本当にお母さんは留守なのか、ちゃんと連絡して確かめたほうがいい」

ブラウンが有無を言わさぬ口調で割って入る。

「ザックくん。急いでください。遅れればそれだけお父上の心痛が増すことがわかりませんか?」

やんわりと責められて、ダグラスは焦《あせ》った。

「ヴィッキー。ブラウンさんの言う通りだよ。今はこんなことをしている場合じゃないんだ」

なるべく優しく言って少年をなだめようとしたが、

金髪の少年は妙に真面目な眼でダグラスを見上げて、悪戯《いたずら》っぽく笑ってみせたのだ。

「家族に異変が起きたからすぐに自分と一緒に来い。――そういうのって誘拐《ゆうかい》って言わないか？」

「はあ⁉」

突拍子もない声が出てしまった。

思わず眼を剝《む》いた。

「誘拐？」

「そう」

ダグラスは呆気《あっけ》にとられて、奇妙な生きものでも見るような眼で少年を見たのである。

「――何を言ってるんだ、きみは⁉」

「大学には理由を言わずに今すぐ自分と来いなんて、おれみたいな子どもが聞いてもずいぶん変な話だよ。ダグラスのお父さんはお金持ちなんだろう？」

「……ちょっと待てよ」

少年の言い分をダグラスは笑い飛ばした。

「ブラウンさんはダルチェフの役人だ。国土安全保障局の人なんだぞ。ぼくの故郷では腐敗とは無縁の権威ある官庁だ。――そんな局の職員が誘拐？」

「どうしてその局の人間だってわかる？」

「身分証を見た。手首の皮下組織に直接埋めこんであるもので偽造は不可能だ」

「ダグラスは今までその国土安全保障局の身分証を見たことがあるのか？」

「ないよ。ないけど……！」

「じゃあ、本物かどうかわからないな。皮下組織にそれっぽい細片《チップ》を埋めこむだけなら誰でもできる」

ダグラスは啞然《あぜん》とした。

この少年がここまで疑り深いとは予想外だったし、何より荒唐無稽《こうとうむけい》な主張にしか聞こえなかった。

「ヴィッキー……ブラウンさんは母の伝言を届けてくれたんだぞ。父の仕事には政治が絡んでいるから詳しいことは言えないが、故郷で何かが起きたのは間違いないんだ。母もぼくを心配してすぐに戻って来るようにと言っている」

「それは本当にダグラスのお母さんか？」

「馬鹿なことを！　当たり前じゃないか！　自分の母親を見間違うわけがないだろう！」

「前に情報番組で見たことがあるんだ。『どっちが本物でしょう』っていうやつ。映画やお芝居《しばい》で使う特殊メイクを紹介してたんだけど、二十歳の女性にあなたのお母さんはどっちですかって、二人の中年女性の映像を見せてた。今の技術はたいしたもんで、おれの眼から見てもその二人はそっくりに見えたよ。声まで同じに聞こえるんだ。二人して『ジョスリン、誕生日にスカーフありがとう』『この間のお食事はおいしかったわね』なんて言ってた。その娘さんは二人の見分けがつかなくて、さんざん迷ったあげくお約束通りにしっかり間違えて、本物のお母さんに嘆《なげ》かれてたよ」

「…………」

「その後で本物のお母さんと特殊メイクの女の人が両方出て来てね。娘さんは、こうして生身で会って話せば間違えたりしないけど、録画された映像じゃ本当にわからなかったってさ。機械を通して見ると、よく知っている人でもそのくらい感じが変わるんだ。特殊メイクの女の人は人物模写が得意な本職の役者さんだったみたいだから、なおさらだよ」

「…………」

「それほどの演技力がなくても背景をうす暗くして、すすり泣いたり取り乱したりして普段と違う表情をつくれば、親しい人でも案外騙せるもんだってその役者さんは言ってた。今の機械なら声もそっくりに合成できるからってさ。その理屈で言うと別の女の人がダグラスのお母さんのふりをするのはそんなに難しくないと思うんだけどな」

「…………」

「誘拐だとしたらずいぶん手の込んだ誘拐だけど、それをはっきりさせるためにも恒星間通信が先だ」

　こんな物騒極まりないことを言いながら、まるでおもしろがっているような口調なのだ。

ダグラスが途方に暮れたのも、ブラウンが相手にしなかったのも当然だった。

「ザックくん。言うまでもないが、子どもの空想に耳を傾けている時間はない。ご両親はきみの安全が確認されない限り、安堵《あんど》されることはないでしょう。お父上はダルチェフにとって欠くべからざる人材だ。そのお父上の不安を取り除くためにも、わたしには速やかにきみを保護し、ご両親の元まで無事に送り届ける義務がある」

毅然《きぜん》たるものだった。自分は国家のために働いているのだという確たる信念の窺《うかが》える姿勢だ。

もちろんブラウンの言い分が正しいとダグラスは思っていた。

何故なら、安保局の職員だと偽り、母の偽者まで用意して自分を誘拐する利点がないからである。

少年はダグラスの父親は金持ちだろうと言った。

否定はしない。ダルチェフの生活水準からすれば裕福と言えるだろうが、そこまでの大富豪ではない。

それは確かに今の映像の部屋はうす暗かったし、母は顔を伏せがちにしてすすり泣いていたが、夫と息子の身を案じる女性なら当然ではないか。

自分に誘拐される値打ちがない以上、ブラウンは本物の安保局員で、遠路はるばる自分を迎えに来た事情も本当ということになる。

そこまで考えたダグラスの眼の前にがっしりした型の車《エア・カー》が止まり、ブラウンと同じ黒いスーツの男が降りてきた。

年齢も身長もブラウンとほとんど変わらないが、体格はこちらのほうがずいぶん立派でたくましい。

「ザック・ダグラスくんか？」

「はい」

「事情はブラウンから聞いたと思う。わたしは彼の同僚のピーター・グリーン。お父上もお母上も今のところは安全だ。それは保証する。しかし、一刻の猶予《ゆうよ》もならぬ事態であることも確かだ。我々だけできみを警護するのは厳しい状況でもある。宙港には専用船を用意した。祖国までの旅行に必要なものはすべて揃っている。すぐに車に乗ってくれ」

「わ、わかりました」

緊迫《きんぱく》した様子に促《うなが》されて、車に乗りこもうとしたダグラスの腕を少年の手が摑《つか》んだ。

「ヴィッキー！　いい加減に……」

さすがに苛立って少年を見下ろしたダグラスだが、次の瞬間、動けなくなった。

緑の視線がダグラスを真っ向から射抜いている。その眼は別人のように厳しい光を浮かべている。

「恒星間通信が先だと何度言わせる気だ？」

あまりにも圧倒的な声。

有無を言わせず命令する声。

ダグラスは知らないが、それは万の軍勢を自在に動かしてみせる指揮官の声だった。

ほとんど反射的に身体が硬直した。

心臓がどくりと鳴り、冷や汗が滲《にじ》む。

こんな小さな少年に気魄《きはく》で圧倒されたとは断じて認めたくなかったが、現実に呼吸が苦しい。

その言葉に無条件に従うのが癪《しゃく》に障らなかったと言ったら嘘になるが、今は逆らえない気がした。

「きみが、そこまで言うなら……」

馬鹿馬鹿しいと思ったが、ダグラスは一息つくと、二人の男に向かって言ったのである。

「ブラウンさん。グリーンさん。すみませんが少し待っていてください。すぐに戻りますから」

ブラウンはわざとらしく嘆息《たんそく》すると、露骨《ろこつ》に蔑《さげす》む視線を投げて寄越した。

「きみがそれほど愚《おろ》かな子どもとは思わなかった。お父上はさぞかしがっかりされるだろう」

ダグラスの顔に血が上った。

子ども扱いされて平気な十八歳の少年はいないが、今はそれより腕に触れる指のほうが問題だった。

それほど強い力で摑まれているわけではないのに、その時のダグラスにはまるで鋼鉄の輪ががっちりと嵌《はま》っているように感じられたのだ。

この拘束を解かないことにはどうにもできない。

「お二人に同行することに異存はありません。ただ、その前に今の自宅がどんな状態になっているのか、自分の眼で確かめたいだけです」

少年の手が離れた。

軽く一礼して背を向けようとしたダグラスの前にグリーンが立ち塞《ふさ》がった。

不自然なくらい近い距離だった。

その右手にあるものを見て、ダグラスは絶句した。

本物を見るのは生まれて初めてだったが、それはどう見ても銃口に見えたのだ。

愕然《がくぜん》として振り返ればブラウンがリィに向かって同じものを突き付けている。

リィが肩をすくめて言った。

「ほら見ろ、やっぱり悪者じゃないか」

また悪戯っぽい口調に戻っているが、ダグラスは茫然と突っ立っていた。

眼の前の現実が認識できないとはこういうことを言うのだろう。

その時のダグラスには本当に何が起きているのかわからなかったのだ。

棒立ちになったダグラスの腕をグリーンが片手で摑んで、力任せに車の後部座席に放り込む。

そこで衝撃の呪縛が切れた。反射的に立ち直って飛び出そうとしたダグラスの目前に、少年の小さな身体が突き飛ばされてきた。

「ヴィッキー！」

「今は大人しくしたほうがいい」

体勢を直しながらリィが素早く囁く。

最後にブラウンが後部座席に乗って扉を閉めると、落ち着き払って二人に銃口を向けたのである。

ダグラスはまだ啞然としていた。

これが現実とはどうしても信じられなかったが、ブラウンは素早かった。どこから取り出したのか、何やら小さな噴霧器《スプレー》をリィの顔に吹きつけたのだ。

ぐらりと倒れかかってきた身体を反射的に支えて、

ダグラスは血相を変えて叫んだ。

「何をする⁉」

「害はない。眠らせただけだ」

ブラウンは依然として片手に銃を構えている。

「ザックくん。こんなことになったのは残念だが、こうなっては仕方がない。我々に従ってもらおう。協力してくれればきみを傷つけるつもりはない」

そんな言葉が今のダグラスの耳に入るはずもない。

グリーンが運転席に座り、車を発進させた。

窓の外に流れ出した景色を見て、ようやく自分はこの男たちに拉致《らち》されたのだと実感する。

自覚した途端、激しい恐怖がダグラスを襲った。

ぐったりともたれかかる少年の身体がなかったら、意識を失ったその身体を懸命に支えていなかったら、どれだけ取り乱していたかわからない。

自分は銃を突き付けられ、拉致されたのだ。

普通の人間なら一生経験するはずのない事態だ。

背中がじっとりと汗で濡《ぬ》れている。呼吸も激しく乱れていたが、ダグラスは少年の身体を抱えながら後部扉まで後ずさり、後ろ手に扉を探ってみた。

しかし、鍵が解除できない。

中からは開けられないようになっているらしい。

「こ……この子を車から降ろしてくれ！　この子は関係ないんだから！」

言った瞬間、激しい自己嫌悪に襲われた。

偽善にも程がある。本音を言えば一人で取り残されるのはまっぴらだった。けれど、この少年を巻き添えにはできないと思ったのも本心だった。

ブラウンは無表情で言う。

「無関係な人間を巻き込むのは我々の本意ではない。宙港まではつきあってもらうが、そこで解放する」

車は標準速度で走りながら郊外を目指している。

確かにこの方角の先には宇宙港がある。

「しかし、きみには降りてもらうわけにはいかない。我々と一緒に来てもらおう」

「……どこへ行く気だ？」

「無論、祖国だ」

ダグラスの頭にかっと血が上った。

「父は⁉　家族は無事なんだろうな！」

「もちろんだ」

ダグラスは懸命に落ちつこうとしていた。

自分を狙う銃口がいやでも眼に入る。この状況で平静でいられるわけがないが、それでも落ちつけと必死に自分に言い聞かせた。

手足が震えている。心臓が激しく躍っているが、一つだけわかったことがある。

この連中はどうやら自分を殺す気はないらしい。

さらにダルチェフ人であるダグラスは本能的に、眼の前の相手を同国人だと感じ取っていた。

景色がどんどん流れていく。このままでは本当に宇宙港で船に乗せられてしまう。

散々迷った末に、ダグラスは口を開いた。

「……狙いは何だ？」

身代金のはずはない。

遠路はるばる母国から誘拐しにやって来るほど、ダグラスの家は資産家ではない。

となれば考えられるのは、この男が言ったように父の仕事しかない。

「ぼくを人質にして、父に何か要求するつもりか？安保局の人間だなんて嘘までついて……」

「嘘ではない。我々は国土安全保障局の者だ」

「信じろっていうのか！　安保局の人間がどうしてこんなことをする⁉」

「その質問には答えられない」

ダグラスは歯を食いしばった。

動悸《どうき》がする。手の平は冷たい汗に濡れている。

それでも、ダグラスは自分に銃を突き付けている人間を真っ向から見返した。

後になってよくそんな真似ができたと感心したが、その時はとにかく必死だったのだ。

ブラウンの表情を懸命に探りながら、ダグラスは低い声で言った。

「――本当は知らないんじゃないのか?」

「………」

「ぼくの質問に答えられないんじゃない。あんたは理由を知らないんだ」

ブラウンは依然として表情を変えなかった。

ダグラスはそれには構わず、さらに言った。

「誰かがぼくを国まで連行しろと命令したんだな。あんたの上役か? そしてあんたはわけもわからず上役の命令に従ったわけか? 不様《ぶざま》なもんだな」

恐怖心に潰《つぶ》されまいとして、ほとんどやけくそで言ったことだが、結果的によかったと言えるだろう。

無理やりにでも相手を見下すことでダグラスにはわずかながら余裕が生まれ、嘲笑《ちょうしょう》されたブラウンは不快そうな顔になって、わざとらしく嘆息した。

まるで利かん気の子どもをなだめるような口調で言ったものだ。

「ザックくん。我々は祖国の要請で動いているのだ。繰り返して言うが、きみに危害を加える気はない。きみの協力が必要不可欠だと言ったのも事実だ」

「そんな馬鹿げた話があるもんか! ぼくはただの学生なんだぞ! 何を協力しろっていうんだ!」

「それは帰国すればわかることだ」

「……やっぱり、あんたは知らないんだな?」

唸《うな》るようにダグラスが念を入れた、その時だ。

「つまり下っ端か」

ぎょっとした。

驚いたのはダグラスだけではない。ブラウンもだ。慌てて声の主を抑えようとしたが、遅かった。

気を失っているはずのリィがむくりと起き上がり、目にも留まらぬ速さでブラウンの手首を打っていた。

その手にあった銃が一瞬で少年の手に移る。

ブラウンが反撃するより遥かに速く、少年の手が再び動いていた。ブラウンは一言も発することなく、鳩尾《みぞおち》に少年の拳《こぶし》を食らって悶絶《もんぜつ》していた。

絶句しているダグラスを尻目に、少年は運転席のグリーンの頭に銃口を突きつけていた。

「車を止めろ」

グリーンは答えなかったが、その顔には明らかに激しい驚愕が現れている。

あまりにも一瞬のことだった。すぐ横で見ていたダグラスでさえ、何が何だかわからなかったのだ。

運転席のグリーンにはブラウンがどうなったのか、この子どもがなぜブラウンの銃を持って自分の頭を狙っているのか、理解できなかったに違いない。

だが、車は一向に速度を落とそうとしなかった。

リィはほとんど微笑を浮かべて、無気味なくらい優しい声でもう一度言った。

「車を止めろと言ったんだ。従わないとどうなるか、いちいち言わないとわからないのか？」

子どもが危険な玩具《おもちゃ》を手にして得意になっている――ような口調では断じてなかった。

本当にそれができる意志を持った声だった。

しかし、グリーンは厳しい顔になると、思いきり速度を上げたのである。

力の抜けていたダグラスの身体が後部座席に叩き付けられたほどの勢いだった。

さらに車は曲芸走行さながらの勢いで急激に方向転換した。たまったものではない。身体を固定していなかったダグラスは、気絶したブラウンの身体と一緒に後部座席を跳ねまわる羽目になった。

一方、銃を握った少年は躊躇《ちゅうちょ》しなかった。

何の迷いもなくグリーンを撃った。

制御を失った車がますます暴れ回る。そんな中でリィは小柄な身体を活《い》かして車の前席にもぐり込み、男の体躯《たいく》を運転席から引き剝がした。

「しっかりつかまってろ！」

車が急激に減速する。ダグラスがほっとしたのも束の間、今度は凄《すさ》まじい衝撃が車体を襲った。

両手を突っ張って身体を支えようとしたものの、抵抗も空しく車内を激しく転がり回る。その衝撃が去ってもダグラスはしばらく動けなかった。

恐る恐る身体を起こしてようやく、車が止まっていることに気がついた。

　運転席から少年が振り返って話しかけてくる。

「ダグラス、怪我《けが》はないか？」

「な、な、なんて無茶をするんだ！　きみは！」

「仕方ないだろう。宇宙港まで連れていかれたら、どんなに急いだって門限までには戻れなくなるんだ。多少無茶でも途中下車するしかない」

　けろりと言われて、ダグラスは絶句した。

　本当に状況がわかっているのかと訊《き》きたくなった。銃で武装した男たちに拉致されるなんて、自分にとっては一生に一度の大事件だ。それなのに、この少年は寮の門限を心配しているのである。

　ダグラスの足下にはブラウンが気を失っていた。

　運転席のグリーンも床に倒れているのが見えた。

　助かったことは嬉《うれ》しいが、ダグラスはこの事態に顔色《がんしょく》をなくしていた。

「その男を……撃ったのか？」

「殺してないよ。これは殺傷段階が調整できる銃だ。ちゃんと麻痺《まひ》段階にしてある」

　少年はその銃を自分の懐にしまい、足下に伸びている男の身体を探って、そこからも銃を取り上げた。

「何をしてるんだ？」

「武装解除に決まってる。この連中が眼を覚まして銃を持ってたら同じことになるだろう」

　リィが車の外に出て、後部扉を開けてくれたので、ダグラスはやっと車から出ることができた。

　自分の足で地面に立ち、外の空気を深く吸って、軽い目眩を感じながら大きな息を吐く。

　そこは既に郊外だった。

　人家もなければ建物も見当たらない。

　野原の真ん中に道が一本続いているだけだ。

　こんな何もないところでさっきの衝撃は何事かと思ったら、少年は安全装置を無視して頭から道路に突っこみ、車《エア・カー》の前面部分《フロント》を大破させることで強引に止めたらしい。

　無茶をするものだと呆れたが、少年はもっと驚くことを言い出した。

「じゃ、帰ろうか」

「何を言ってる！　警察を呼ぶのが先だろう！」

「道の真ん中で車が壊れていれば、そのうち誰かが気づいて通報するよ」

「そういう問題じゃない！　ぼくたちは誘拐されるところだったんだぞ！　そこに犯人がいるんだから、通報するのは市民の義務だ！」

「誘拐されそうになったのはダグラス一人だけだぞ。おれは違う」

「ヴィッキー！」

「いいから、帰るぞ」

そんなことができるわけがない。

ダグラスは猛然と抗議したのである。

「このまま放置したことで警察が到着する前にこの二人が息を吹き返して逃げたりしたら、ぼくたちは誘拐犯を見逃すことになる！　それどころか最悪の場合、逃走幇助《ほうじょ》を問われることになるんだぞ！」

「もちろんこの連中のことは警察に調べてもらうさ。ただし、おれたち抜きでだ」

「どうして！」

「この連中がダルチェフ政府機関の人間だとしたら、誘拐事件そのものがなかったことにされるからさ。下手《へた》をしたらこっちが逆に攻撃されるぞ」

「な……何を言い出すんだ？　偽者だと言ったのはきみじゃないか！」

そもそも一般市民を銃で脅《おど》して拉致する役人などいるわけがないのに、少年は首を振った。

「偽者だとは言ってない。悪者だと言ったんだ」

自分がどれだけ怖ろしいことを言っているのか、この少年にはきっとわかっていない。

衝撃のあまり思考停止状態に陥《おちい》ったダグラスだが、少年は容赦《ようしゃ》しない。

「この二人は銃を持ってた。外国から来た部外者がこの星で銃の携帯を許可されるのはすごく珍しい。ダン・マクスウェルのような有名人を除くとしたら、一番可能性があるのは各国の公人だぞ」

ほとんど反射的にダグラスは言い返した。

「いいや、違う！　安保局員に外交官特権はない！　どんな手段を使ったかは知らないが、非合法に持ちこんだ可能性のほうが圧倒的に高い。——そうとも、その銃は証拠品だぞ！　警察に渡す義務がある！」

ことさら感情的に喚《わめ》いたのは自分が正しいと証明しなければ——今すぐそれを立証しなければ何かが崩壊してしまいそうだったからだ。

少年はダグラスを見つめて微笑した。

「一つ、賭《か》けをしようか」

「こんな時に何を——！」

血相を変えたダグラスをやんわりと押さえ込んで、少年は天使のような笑顔で言ってのけた。

「おれはこの連中の仲間がまたダグラスを誘拐しに来るほうに賭ける」

心臓が跳ね上がった。

悪夢がやっと終わったのに、すかさず次の悪夢を強引に見せられている。そんな気分だった。

「いったい……何を言ってる？」

「ダグラスが言ったんだぞ。自分を人質にして父に何か要求するつもりなのかって。だとしたら、一度失敗したくらいじゃ諦めないと思うんだよな」

「だ、だったらなおさら警察に……！」

「保護を求める？　却下。それだとダグラスがまた狙われるっていう賭けが成立しなくなる」

開いた口がふさがらなくなった。

それが仮にも誘拐されそうになった被害者に言う台詞かと、あまりのことに恐怖心さえ遠のいたが、少年は笑って続けた。

「当然ダグラスは、この連中の親玉も今回の失敗に懲《こ》りて、もう二度とこんなことはしないはずだっていうほうに賭けるんだよな？」

「……決めつけないでくれ」

力なく言い返すのがやっとだった。

こうなっては気を呑《の》まれたダグラスの負けだ。

少年は半壊した車には見向きもせず、街の方向に向かってすたすた歩き始めた。

ダグラスも仕方なくその後に従った。

しばらく歩き続けるとバス停留所があった。

ちょうど運よく、もうじき街へ向かうバスがくる。

二人は待合室に座り込み、しばらく黙っていたが、やがて躊躇《ためら》いがちにダグラスが口を開いた。

「ヴィッキー……」

「なに？」

「さっきとは別の意味で訊きたいんだが……きみはいったい何なんだ？」

薬を嗅《か》がされたのに眠らされたふりをしただけで、本当は起きていた。しかも大の男を一発で殴り倒し、銃を見てもたじろがない。

ずいぶん慣れているように見えた。

銃の扱いにも、暴力にも、あの異様な状況にも。

そう指摘すると、少年はけろりと言った。

「さっきも言ったじゃないか。おれはアイクライン中等部の一年だって」

ダグラスは疑惑に満ち満ちた視線で穴の開くほど少年の顔を見た。

相手がどんなに平然としていても、これぱかりは譲るわけにはいかなかった。

少年は困ったように笑って肩をすくめている。

「ほんとさ。おれ自身はただの中学生でいたいんだ。なのにどういうわけか周りが放っておいてくれない。いつも向こうから厄介事《やっかいごと》がやってくる」

やっぱりおもしろがっているような口調だったが、ダグラスは憤然《ふんぜん》と抗議した。

「こっちの台詞だ！　ぼくは立派な被害者だぞ！」

声を荒らげたダグラスだったが、この少年がいてくれなかったらどんなことになっていたか、彼にもちゃんとわかっていた。

一息吐いて、なるべく冷静な口調で言った。

「ヴィッキー。正直言って、警察に行かないでいることが正しいとは、ぼくにはどうしても思えない。

だけど……助けてくれたことには礼を言っておく」

「まだ早い」

「えっ？」

「おれの勘だけどな。言ったろう。これで終わったわけじゃない」

リィは真剣な眼でダグラスを見た。

「明日の放課後にはおれがサフノスクに行くから、ダグラスは学校から出ないで、誰か友だちと一緒にいたほうがいい。間違っても今日みたいに知らない大人にふらふらついて行っちゃ駄目《だめ》だぞ」

間違っても十三歳の少年にされる忠告ではないが、ここはひとまず頷いておくことにした。

3

ダルチェフ社会主義共和国は人口約十二億人。

社会主義国でありながら市場経済原理と資本主義体制を積極的に取り入れているこの国は経済的にも軍事的にもマース、エストリアに次ぐ大国であり、国際的な発言力も強い。

首都ベルーナには近代建築が立ち並び、商店には贅沢品《ぜいたくひん》が溢《あふ》れ、道行く人の服装も華やかだ。

ベルーナはダルチェフの政治経済の中心地であり、主要な政府機関はすべてこの都市に集中している。

無論、国土安全保障局もだ。

ここで働く職員の数は約三万人。

しかし、これはあくまで表向きの数字だ。

名称こそ単なる局でも、ここはダルチェフ国防の要《かなめ》とも言うべき要塞《ようさい》である。

最新の科学技術を駆使して、各国の戦力分析及び経済分析を行っているが、実際の職員は何人なのか、厳密にはどんな仕事をしているのか、そのすべてを掌握している者は上層部にもいないのではないかと噂《うわさ》されるほどの巨大官庁だ。

局内は無数の部門に分かれており、分局、分室も数え切れない。そして中には職員のほとんどがその存在を知らされていない部署もある。

近代的な建物が並ぶベルーナの中心部からほんの一本奥の道に入り込んでみると、これが本当に同じ街かと眼を疑うほど寂《さび》れた一角が現れる。

空気は澱《よど》み、時間の流れすら止まっているように見える。再開発予定区と呼ばれていても、実際には打ち捨てられているのだろう。

空き室だらけの安ホテル、ほとんどが空き部屋の古びた賃貸ビル、そんな建物ばかりが並んでいる。

ごく稀《まれ》に会社や事務所の看板が掛かっていても、

人の気配はほとんどない。

空っぽの部屋に机が一つぽつんと置かれ、端末がつながれているだけだからだ。

そんな幽霊事務所の一つに、国土安全保障局国防第五分室があった。

もちろん、表向きの名前はこんなものではない。

倒壊しそうなコンクリート製の建物の三階にある部屋の借り主は『マーロン・ケント事務所』。

他の事務所に比べるといくらか備品も残っていて、実際に使われていた気配が窺《うかが》えるが、今は昼夜を問わず分厚い鎧戸《よろいど》が下ろされているこの事務所に、その夜、久しぶりに灯《とも》りが点った。

机にうっすら積もった埃《ほこり》に顔をしかめたのは五十年配の男だった。こんな裏通りにふさわしい安物の背広を着ているが、それが却《かえ》ってわざとらしい。

頬骨《ほおぼね》の目立つ顔は厳《いか》めしく、痩《や》せた背筋もぴんと伸ばされて、勤め人の雰囲気には見えないのだ。

男は粗末な椅子に座り、相手が来るのを待った。

時間きっかりに事務所の扉がそっと叩かれたが、男は黙っていた。

訪問者も答えが返らないのはわかっていたようで勝手に部屋に入ってきた。

どこにでもいるような平凡な中年男だった。

椅子に座った男は用意の資料を無雑作に机の上に投げ出した。

「今回の目標だ」

古典的な紙のファイルである。

相手は立ったままファイルを手に取った。

添付されていたのはダグラスの写真だった。

資料をめくれば、聖トマスに在籍していること、今は連邦大学に短期留学中であること、さらに成績、友人関係、趣味、好きなスポーツなど、ダグラスに関する情報が実に細かく記載されている。

相手が一通り眼を通すのを待って男は言った。

「人選は任せるが、今回は何より時間が優先される。――質問は？」

「二、三あります」

珍しいことだった。この男はいつも表情を変えず、資料を持って黙って出て行くのだが、今はその声に訝《いぶか》しげな響きがあった。

「なぜ学生相手に我々が?」

「確実を期すためだ」

中年男はますます訝しそうな眼の光を浮かべた。

「それだけなら自分たちでなくてもと言いたいか? もっともだが、場所が場所だ。間違っても事件にはできん。そのための措置だ。ことと次第によっては総動員を許可する」

「部下たちに協同作戦を取らせろと?」

「馬鹿者。それでは却って時間がかかるではないか。相手はたかだか学生だぞ。おまえの手駒《てごま》に足並みを揃《そろ》えさせる必要などない」

痩せた男の口調も苦々しい。

「学生一人におまえたちを充てるのが役不足なのは百も承知だ。しかし、上層部はそれだけこの一件を重視している。しかも、ことは急を要するのだ」

男はこの点を特に強調し、相手も頷《うなず》いた。

「了解しました。人海戦術ですな」

「言うまでもないだろうが、連邦大学という場所を考慮することを忘れるな。いかなる場合においても事件にしてはならん」

「心得ております」

4

寮に戻ったダグラスはくたくたに疲れていたが、家に連絡することは忘れなかった。

自宅のある故郷は陽が昇ったばかりの時間だが、これだけは自分で確かめなければ安心できない。

内心はらはらしながら恒星間通信を申しこむと、ずいぶん待たされた後、ねぼけ眼《まなこ》の母が出た。

次男からの連絡だと知るとひどく呆《あき》れた顔になり、もうホームシックなの？　と尋ねてきた。

まったくいつも通りの母である。

その事実に心からほっとしながらも、ダグラスは、中学から寄宿舎生活を送っているんだから、今さら家が恋しくはないよと言い返した。

拉致《らち》されそうになったことは母には言えなかった。

話したところで余計な心配をさせるだけだ。

逆に父にはぜひ相談に乗って欲しかったが、父は一昨日から仕事で戻っていないという。

ダルチェフでは本会議中、議員が自宅に戻らずに、泊まりこみで審議を続けることがよくある。

困るのはそうなると、家族からの連絡もなかなか取り次いでもらえなくなることだ。

その晩はろくに勉強が手につかなかった。

危うく誘拐《ゆうかい》されかけるという体験をしたのだから無理もない。まして、暗に口止めされてしまって、その事実を誰にも言えないでいる。

おかげで翌日の授業は散々だった。

午前中の授業が終わったところでダグラスは深く反省した。自分は聖トマスの一員として短期留学に来ているのである。母校の生徒の出来が悪いなんて印象を大学側に与えるわけにいかないのだ。

午後は運動の時間だった。

よく学び、よく身体を動かせという教育方針は連邦大学でも変わらない。

机にかじりついてばかりで汗を掻《か》かないようでは、健全とは言えないという基本理念なのだ。

ダグラスは走るのは得意だった。

短距離ではなく長距離、中でも山道を走るクロスカントリーが好きだった。

サフノスクのクロスカントリーコースは森の中につくられていて、いつもと違う気色が楽しかった。

運動の時間を終えて汗だくになったダグラスが、その汗をシャワーで流そうとして更衣室へ向かうと、明らかに部外者と思われる男が通路で待っていた。

地味な背広を着た若い男だ。

「ザック・ダグラスくん？」

「あなたは？」

昨日の今日だ。目つきも口調も怖ろしく険のあるものになったのは仕方がない。

男はダグラスの態度に肩をすくめて苦笑した。

背が高く、金髪碧眼《きんぱつへきがん》で、なかなかの男ぶりである。

人好きのする笑顔で自己紹介した。

「わたしはエイブラハム・ターナー。初対面でこう嫌われるのはきついんですが、職業柄《がら》仕方ないかな。連邦大学警察マーロン署の刑事です」

「……何の御用でしょう？」

内心大いに動揺しながらも平静を装って答えると、ターナー刑事はますます人なつこい笑顔で言った。

「いえね、ほんのちょっとした確認と言いますか、お話を伺《うかが》いたくて来たんですよ。授業が終わるまで遠慮してたんですが、まだ早かったみたいですね。よかったら先にシャワーを浴びてきてください」

その言葉に甘えてダグラスは急いで身仕度を調え、学食の片隅でターナー刑事と向き合ったのである。

刑事は世間話でもするような笑顔で言ってきた。

「留学中で忙しいのに申しわけありません。これは本当にただの確認なので。さっそくお尋ねしますがジョン・ブラウンとピーター・グリーンという名に心当たりは？」

「いやというほどあります」

顔を強ばらせて答えると、ターナー刑事はなぜか困ったようだった。

気まずさをごまかすために頼んだ珈琲《コーヒー》を一口含み、ひどく言いにくそうに言ってきた。

「実はですね、お二人があなたを訴えているんです。器物破損と障害容疑で」

昨日から何度自分の耳を疑ったかわからないが、これがその最たるものだった。

ダグラスはたっぷり十秒間は沈黙した。

目眩《めまい》すら感じながらターナー刑事の言葉を何度も反芻《はんすう》したが、それでも意味が理解できなかった。

「……もう一度言ってもらえますか？」

ターナー刑事は申し訳なさそうな顔で繰り返した。

「昨日の夜、ミスタ・ジョン・ブラウンとミスタ・ピーター・グリーンがあなたを告訴《こくそ》したんですよ。傷害と器物破損の疑いで。あなたに公用車を壊され、怪我《けが》を負わされたと言っています。損害賠償請求も考えているそうですよ」

大声で叫びそうになった自分をダグラスは咄嗟《とっさ》に、そして懸命《けんめい》に抑えこんだ。

その必死の努力は奇跡的に成功して学食で人目を集めずに済んだが、盗っ人猛々《たけだけ》しいとはこのことだ。

「ターナー刑事。その二人をまず誣告罪《ぶこくざい》で逮捕してください。脅迫罪《きょうはくざい》、拉致罪も適用されるはずです。彼らは昨日、ぼくを銃で脅《おど》して拉致したんです」

今度はターナー刑事が眼を丸くした。

「はあ？　きみを拉致って何のためにです」

「それはこちらが聞きたいくらいです。彼らは安保局員を偽称したんです。ぼくの父は故郷で政治家をしていますから、何か政治的な問題が関係しているはずです。幸い運よく逃げられましたが、逃げ出さなかったら今頃はどうなっていたかわかりません」

多国の政治問題を突き付けられたターナー刑事はますます眼を丸くした。

「でも、それはちょっと変だなあ。だって、彼らはあなたの国の文化局職員でしょう?」

「……何ですって?」

「その局の国際交流推進部の所属だと言ってました。連邦大学へ入国した目的は、自国の青少年がどんな留学生活を送っているか視察するためだそうですよ。

――つまり、あなたのことですよね?」

昨日、ブラウンが現れた時と同じだった。

この刑事も解読不能な古代語をしゃべっている。自分がよく知っている共和宇宙標準暦九九一年の平和な世界はいったいどこへ行ってしまったのかと、茫然《ぼうぜん》とする一方でダグラスは真剣に危ぶんだ。

「あなたに会って留学生活の感想を聞いて、その後、一緒に郊外をドライヴした。楽しいドライヴだったそうですよ。あなたが車を運転したいと言い出して、グリーンさんがその要求に快《こころよ》く応えた途端、無茶な運転で車を壊されるまでは」

ダグラスは到底我慢できずに声を荒らげた。

「そんなでたらめを信じたんですか⁉」

「ダグラスくん。そう興奮しないで聞いてください。

――でたらめじゃありませんよ。少なくとも彼らがダルチェフの文化局職員なのは確かなことなんです。おたくの大使館が二人の身元を証明しました」

ダグラスは大きく喘《あえ》いだ。

何かが音を立てて崩れていくような気がした。

「それは嘘《うそ》です」

「とんでもない。ほんとですよ。うちでも身分証を照合しましたから。第一、お国の大使館がそんな嘘を言うわけがないでしょう」

「いいえ。それは何かの間違いです」

「そう言われても……」

ターナー刑事は本当に困ってしまっているようで、ひたすら頭を掻いている。

「とにかく、訴えを受理した以上は、うちとしても話を聞かないといけないものでね。――それじゃあ、きみは彼らの主張は間違いだと、彼らはきみを拉致しようとしたのだと主張するわけですね?」

「事実です」

「うーん。でも、やっぱり変だなあ。だって彼らは銃なんか持っていませんでしたよ。我々もその辺はちゃんと調べましたから」

密かに舌打ちしたダグラスだった。

口を滑《すべ》らせた自分にも、証拠の銃を持っていったあの少年にもだ。

「そもそも彼らは単なるお役人で、外交官じゃない。武器の持ち込みは許されていません。実際、彼らが入国時に武器を所持していなかったことは入国管理局の検査でもはっきりしてるんです」

「入国してから不正に入手したんでしょう」

「この連邦大学《ほし》で？　そりゃあ難しいですよ。絶対ないとは言いませんが、銃を使った犯罪が起きれば、確実にその日の報道《ニュース》の筆頭《トップ》になるところですからね。土地鑑のない外国のお役人さんがそう簡単に違法な銃を手に入れられるとは思えないんですけどねえ」

大げさに肩をすくめて眼を丸くしてみせる。


ターナー刑事はダグラスより一回りは年上だろう。未成年の学生を子ども扱いするのは仕方がないが、されるほうは愉快《ゆかい》ではない。

「せめて、彼らが武器を不法所持していた証拠でもあればねえ。話はまた違ってくるんですが……」

ダグラスは黙っていた。

あの少年が銃を持っていったことを、この刑事に話す気にはなれなかったのだ。

厳しい顔でむっつりと黙りこんでいるダグラスに、これ以上は無理だと悟ったらしい。

ターナー刑事は人好きのする笑顔の中にちらりと鋭い眼の光を覗《のぞ》かせると、明るい声で言った。

「お話をありがとう。たいへん参考になりました」

刑事が席を立って離れても、ダグラスはしばらく動けなかった。

ダルチェフ大使館が二人の身元を証明したという。

これはいったいどういうことなのか……。

今すぐ大使館に確認しなくてはと思ったが、もしちゃんと調べましたから」

本当に文化局の人間だと言われたら……。

そんなことがあるはずはないと思っているのに、身体も頭も意志に反して動いてくれない。

昨日の少年の言葉がいやでも脳裏をよぎる。

(下手《へた》をしたらこっちが逆に攻撃されるぞ)

自分が何をしたらいいのか、何をするべきなのか皆目見当がつかなかった。

金髪の少年がひょいと顔を覗き込んでくるまで、ダグラスは茫然と座りこんでいた。

「——生きてるか？」

「ヴィッキー！　脅かすなよ」

「ダグラスが眼を開けたまま白昼夢を見てるような顔をしてたんだぞ」

少年は一人ではなかった。

眼を疑うほどきれいな子と一緒だった。

事実ダグラスはまた別の白昼夢を見ているのかと、自分の頰《ほお》をつねりたくなったくらいである。

リィが太陽の光を集めてつくった金の生命《いのち》なら、こちらは月の光の中から生まれた銀の雫《しずく》だった。

こうして並べると本当に対の天使のようだと思い、そこからふと過去の記憶が刺激された。

「きみ、お姉さんか妹がいるんじゃないか？」

銀髪の少年はきれいな紫の眼を見張り、微笑して首を振った。

「わたしには親も兄弟もいません。——初めまして。シェラ・ファロットです」

「ザック・ダグラスだ。すまない。きみによく似た女の子を見たことがあるものだから……」

金髪の少年がもっともらしい調子で言った。

「他人の空似ってやつだろう。世の中には同じ顔が三つあるっていうからな」

「その慣用句ならぼくも知ってるが、こんな美形が他に二つもあるとは信じがたい気がするな。本当にそっくりだ」

シェラが笑って軽く頭を下げた。

「ありがとうございます。ですけど、こんな顔でも、わたしはれっきとした男ですよ」

その言葉を聞いたダグラスは、類は友を呼ぶとはよく言ったものだと密かに感心していた。

性格《タイプ》は違うが、とても中学生の少年とは思えない口調である。それがまた少しも不自然ではないのだ。

他の中学生の少年がこんな言い方をしたらかなり違和感があるだろうに……。

そこへさらに見知らぬ顔が増えた。

今度はダグラスと同年代の少年だった。

しかし、これまた身体の線が細く優しい雰囲気で、男か女かわかりにくい容貌《ようぼう》である。

ますますもって類は友を呼ぶだなと、ダグラスは自己紹介しながらしみじみ考えていた。

相手もダグラスに好感を持ったようで、にっこり笑いかけてきた。

「構造学科のルーファス・ラヴィー。ルウでいいよ。昨日のことはエディから聞いたけど……」

「エディ?」

「おれのこと」

ダグラスにはヴィッキーと名乗った少年が言うと、シェラが真顔で頷《うなず》いた。

「ですけど、本当に危ないところでしたね。リィがその場にいなかったら……」

「リィ?」

「それもおれ」

ダグラスは心底呆れて言ったのである。

「いったいきみにはいくつ名前があるんだ?」

「今のところこれで全部」

三人はダグラスと同じ机を囲んで腰を下ろしたが、ダグラスは少しばかり複雑な心境だった。

昨日のことを金髪の少年と話し合うのはともかく、初対面の二人と話す気にはなれなかったのだ。

しかし、ルウもシェラも平気な顔である。

「この人がいなかったらあなたはその人たちに拉致されていたと聞きました。普通なら身代金目当ての誘拐と考えるべきですが、あなたのお宅はそれほど裕福なんですか？」

「とんでもない！」

シェラの疑問をダグラスは即座に否定した。

「そりゃあ貧しいとは言わない。父は政治家だから国の一般家庭に比べれば裕福なほうだとは思うけど、小学生の子どもにまで護衛が付くような大富豪には程遠いよ。警戒が厳重すぎてそういう家の子どもは狙えないにしても、身代金が目当てなら、わざわざ連邦大学までやって来てぼくを狙う意味はない」

リィが同意した。

「ダグラスは昨日もずっと、自分を人質にして父に何を要求するつもりだって言ってたもんな」

「つまりお父さまには何か行政上の重要な決定権が託されているということですか？」

「それがそうとも言い切れないみたいなんだ」

ルウがシェラの質問に答え、ダグラスに尋ねた。

「ダルチェフ政府発信の官報を調べてみたんだけど、ダグラスのお父さんはパティーク省ウピ市の代表のグレイドン・ダグラス議員？」

「ああ」

「そうなると話がおかしいんだよね。確かにウピはパティーク一の大都市で、パティークも五十八ある省の中では域内総生産十位以内に入っている裕福な地域ではあるけど、首都ベルーナには遠く及ばない。つまりダグラスのお父さんは地方政治家なんだ」

「アーサーと同じような立場ってことか？」

「ダグラス議員には悪いけど、もうちょっと下だね。ベルトランで言うなら州議員ってところだと思う」

シェラが質問した。

「では、ダルチェフの省代表議員はどれほど権力を持っているんですか？」

「地元に対してはかなりの権限があるみたいだよ。水源管理と治水が専門でね。議員の尽力で川に橋が架かったり、工場が閉鎖されたり、ダムの放水量を調整したり、そのくらいの裁量権はあるらしい」

リィは不思議そうに首を傾《かし》げた。

「言い換えればその程度なんだな？」

「そう。『うちの畑《の》にもっと水を流してくれ』っていう要求を議員に呑ませるために七百九十三光年の距離をはるばる跳んで来て、議員の息子に銃を突き付けて拉致する？　無理だね。どう考えても需要と供給が釣り合わないよ」

「それを言うならコストパフォーマンスだろう」

　リィが冷静に訂正する。

「銃で脅したのはおれが邪魔したから結果的にそうなったんだ。あの連中はなるべく穏便にダグラスを連れて行こうとしていたと思う。偽者のお母さんをわざわざ用意したくらいだからな」

「簡単に言うけど、それだってかなりの手間と暇とお金がかかるよ」

「身代金でもない。利権でもない。そうなると……個人的な怨恨《えんこん》かな？」

　ダグラスが息を呑んだ。

「父を恨《うら》んでいる人間の仕業《しわざ》だって言うのか？」

　ルウが頷く。

「今のところそう考えるのが一番理にかなってる。仕事とはいえ、ダグラス議員は去年だけでも廃水を垂れ流す工場を七つも閉鎖に追い込んだ。もちろん工場のほうに非があるわけだけど、その人たちにも生活があって家族があるんだからね。議員を恨んでないとは言いきれないよ。——エディはその二人を実際に見てどう思った？」

「見るからに怪《あや》しかった」

　少年は一言で片付けた。

「ジェイソンの庭を出た直後から後をつけてきた。中まで入れないもんだからおれたちが出てくるのを待ちかまえてたらしい。——最初はまた例によっておれかと思ったんだけど……」

「ああ、可愛い男の子が大好きな変な人？」

　ダグラスの心にぐさっと見えない刃が刺さる。

　必死に顔には出さないように努力するダグラスの隣でリィは首を振った。

「そんな色気方面の視線じゃないってわかったから確かめるつもりで交差点でダグラスと別れたんだ。そうしたら思った通りで、おれには見向きもせずにダグラスの後をつけていった」

ルウがダグラスの顔をじっと見つめて言う。

「結構な男前だけど、ハンサムな男の子が大好きな変な人ってわけでもないよね？」

「だからそういう下心は感じなかったんだって」

どこまで本気で話しているのかさっぱり不明だが、ひたすら心臓に痛い会話である。

「車に乗せられてもダグラスが落ちついてて、あの男に冷静に突っ込んでくれたんで助かったよ」

それは違うとダグラスは思った。

自分は少しも冷静でなどいられなかった。ただ、必死だっただけだ。

リィは昨日のブラウンの様子を他の二人に話して、自分の意見をつけ加えた。

「あの様子だと本当に何も知らないんじゃないか」

「道端に転がしてきたのはいいけど、その人たちはどうしたのかな。おとなしく諦《あきら》めたのかな？」

ルウの言葉に、ダグラスは苦い顔になった。

周囲の学生たちを気遣って、声を低めて尋ねた。

「ヴィッキー。あの銃はどうした？」

「寮に置いてきた。持ってたら物騒だからな」

「あれは彼らの犯行を立証する証拠品だ。やっぱり警察に届けたほうがいいと思う。さっき来た刑事も銃のことを話していた」

三人がいっせいにダグラスを見た。

「刑事？」

ダグラスは頷いて、頭を整理する意味でも先程のターナー刑事とのやりとりを三人に話して聞かせて、躊躇《ためら》いがちにつけ加えた。

「正直——ぼくは混乱してる。どう考えたらいいかわからないんだ。昨日はあんな安保局の人間がいるわけがないと思っていた。しかし、大使館は彼らは文化局の人間だという。この問題をはっきりさせておかないと勉強も何も手につかない」

だから銃を警察に届けて、本格的な捜査を始めてもらわなければとダグラスは訴えたが、少年たちはまったく違うことを考えたようだった。

呆れた吐息と皮肉な微笑を浮かべてリィが言う。

「昨日に続いてもう一つの賭《か》けだ。マーロン署にはターナーなんて刑事はきっといないぞ」

ルウが続けた。

「いるとしても、それはダグラスが会ったターナー刑事さんとは似ても似つかない顔の人だろうね」

ダグラスは絶句した。

呆気《あっけ》にとられて金髪と黒髪の少年たちを凝視した。

「——あ、あれが偽者の刑事だって⁉」

「有り得ないことじゃないでしょ。ダグラスは昨日、偽者のお母さんを見せられてるんだよ」

「それに比べたら初対面の相手だぞ。刑事のふりをするのなんか簡単じゃないか」

「——だ、誰が！　何のためにそんな⁉」

「しっかりしろよ。それがわからないからこうして相談してるんじゃないか」

五つも年下の相手にからかうようになだめられて、ダグラスは声も出せなかった。

刑事を名乗る不審者が現れ、もっともらしい話をさんざんしていったのである。

もっと真剣になったらどうだ！　と言おうとしてダグラスは気がついた。

この二人はふざけているわけではない。

いやというほど事態を理解した上で、今は無闇に騒いでも意味がないと自己を抑えているのだ。

「本物の刑事かどうか調べてみればすぐにわかるよ。大使館に連絡する前に、マーロン署に問い合わせてみたほうがいいだろうね」

ここでシェラが口を挟んだ。

「ルウ。それはちょっと待ってもらえますか」

「どうかした？」

「いえ、さっきから気になっていたんですが……」

銀髪の少年はなぜか困惑の顔つきだった。

「こう言っていいものかどうか悩むところですが、わたしの『お友だち』がいるようなんです」

ルウとリィは眼を丸くした。

二人とも真剣な表情で身を乗り出した。

「ここにか？」

「間違いないの？」

「それが、わたしはそう思うんですけど、向こうはわたしに気がついていないようなんです。こちらを意識しているのは確かなのに……変ですね」

「わざと無視してるのかな？」

「それじゃ、こっちから挨拶《あいさつ》しないとな」

「はい」

三人は眼と眼を見交わして、次々に席を立った。

「じゃあな、ダグラス」

「お邪魔しました」

「また今度ね」

例によってダグラスには何が起きたのかさっぱりわからなかったが、リィが小声で囁《ささや》いてきた。

「そこにいろ」

シェラも頭を下げながらそっと眼で合図をよこし、ルウも『言う通りにして』と表情で伝えてくる。

三人が談笑しながら離れていくのを、ダグラスはぼんやりと見送っていた。あまりにも色々なことがありすぎて動けなかったのだ。

何としても父に連絡を取らなくてはならなかった。このままでは本当に勉強どころではない。

それにしても、わからない。

父は自分の仕事に誇りを持っている人だ。

国のため、地域のために思い切ってやったことがいつもいいほうに転ぶとは限らない。結果的に人の恨みを買うこともあるだろう。

だが、父を恨む者がいるとしたらパティーク省の住民だ。

先祖から受け継いだ畑を耕す農民たちや中規模の工場経営に従事する人間たちなのだ。

そんな彼らが、父に意趣返しをするために地元を遠く離れて自分を狙ったりするだろうか……。

混乱した頭でもダグラスは首を振った。

到底ありそうにない話だった。

ダルチェフと連邦《このほし》大学は決して近いとは言えない。ましてや母の偽者まで用意して、安保局を名乗って、自分が自発的に国に戻るように仕向けてきたのだ。

これはただの誘拐ではない。

そのことはダグラスもうすうす察していた。

だからこそ不安もひとしおだった。

得体の知れない脅威がひたひたと自分を目差して迫ってくるようで、何とも言えずに不気味だった。

ルウは父の専門は水源管理と治水だと言った。

ダグラスの知る限りでもそうだが、もしかしたら父は何か極秘の仕事を――家族にも言えないような重要な案件を担当しているのではないだろうか。

「ちょっといいかしら？」

驚いて顔を上げると、ダグラスと同年代に見える少女が立っていた。小柄で明るい感じの女学生だ。

「あなた、社会学の短期留学生でしょう。あたしもそうなのよ。――よろしく。ロレイン・ヒルよ」

礼儀を守りながらも親しげに、そして少しばかり申し訳なさそうに話し掛けてくる。

「あたし、ローズマリーホールから来たばかりなの。本当はあなたと同じ日程で来るはずだったんだけど……よかったら先輩として、講義について少し話を聞かせてくれない？　お礼に珈琲おごるから」

ダグラスは女の子にはあまり興味がない。

しかし、決して嫌っているわけでも軽蔑《けいべつ》しているわけでもない。ましてや聖トマスは中学一年生から男たるもの紳士であれと教育するところである。

ローズマリーホールはツァイスの名門女子校だ。

学校は違っても、いわば同胞である。

自分を頼ってきた同胞を見捨てられるわけがなく、ダグラスは笑って椅子を勧めた。

「ぼくでわかることなら喜んで力になるよ」

「ありがとう」

ロレインはほっとした表情で腰を下ろした。

約束通り珈琲を注文して、広い学食を珍しそうに見渡している。

「ローズマリーホールの学食もたいがい広いけど、ここはそれ以上だわ。迷っちゃいそう」

「校舎はこんなもんじゃないよ。一つ一つがかなり離れて点在しているからね。きみはどの講義を選択する予定なんだい？」

「個人的な研修会を除けば、あなたとほとんど同じ項目《メニュー》だと思うわ。パーキンス教授の産業市場構造、ローレル教授の近代における社会変動とそれに伴う生活様式の変化、ウィルスン講師の労働社会学」

「その全部に途中から参加するのはたいへんだよ」

「ええ、もう必死よ。だけど挽回《ばんかい》する自信はあるわ。でなきゃ来ない」

こういうはきはきした性格で、しかも色気を表に出さない女の子はダグラスには好ましく映った。

「じゃ、さっそくだけど、これまでの講義の展開を教えてくれるかしら。でなきゃ討論に加われないわ。それじゃ授業に出てもやることがないもの」

「確かに。どの先生も癖《くせ》があるからね」

ダグラスの説明に熱心に耳を傾け、すぐに理解し、ロレインは自分で言ったように頭もよかった。

時には的確な鋭い質問をしてくる。

この子と一緒に講義を受ければ楽しいだろうなとダグラスは素直に感心したくらいだ。

そこへ二人分の珈琲が運ばれてきた。

ロレインが自分の珈琲を取ろうとした時、彼女の鞄《かばん》の中で携帯端末が鳴った。

携帯端末を取り出したロレインはその拍子に手をすべらせ、鞄を落としてしまった。あっと言う間に鏡やら化粧品やら細かいものが床に散らばった。

「ああ、いいよ。ぼくが拾おう」

ダグラスの足元にも口紅が転がったので、咄嗟に拾ってロレインに手渡してやる。

「ありがとう。ごめんね、そそっかしくて」

ロレインは笑顔で口紅を受けとり、鞄に戻した。

ダグラスも笑って自分の珈琲茶碗《ちゃわん》を取り上げたが、
飲むことはできなかった。背後からすうっと伸びて
きた白い手が、その茶碗をやんわりと上から摑《つか》んで
自分の手から取り上げたのだ。

「シェラ？」

驚いた。昨日のリィもそうだったが、この少年も
まるで気配を感じさせない。

こんなに目立つ子がこんな傍《そば》に来るまでどうして
気づけないのか不思議だった。

それ以上に、この行動が謎だった。

友人に会うと言って立ち去ったのに戻ってきて、
ダグラスの珈琲を無断で取り上げて返さない。

「何をしてるんだ？」

「それはこちらの女性に伺いたいことです」

見ればロレインの顔から表情が消えている。

突然現れた銀髪の少年を冷たく見つめている。

「何なの、この子？」

「それもわたしのほうがお尋ねしたいことですね。

この珈琲に何を入れました？」

「…………」

「わざと鞄を落として、この人に中身を拾わせて、
その隙に何か入れたでしょう？」

「よしてよ。いいがかりだわ」

「これを調べればすぐにわかることですよ」

白魚のような指で縁を持ちながらシェラが茶碗を
掲げてみせると、ロレインは顔をしかめた。

「……わかったわよ。頼まれたのよ」

「誰に？」

「知らないわよ。あたし本当は社会学じゃないもの。

お堅い留学生をちょっと楽しくさせてやろうぜって、
聞いたのはそれだけよ！　害のあるものじゃないし、
薬《ドラッグ》くらいみんなやるでしょ？」

ダグラスを見た。

シェラは左手に珈琲茶碗を持ったまま、苦笑して

「わたしの学校では生徒はお酒も薬も厳禁ですが、大学では認められているんですか？」

ダグラスはこれ以上はないほど剣呑《けんのん》に唸《うな》った。

「……駄目《だめ》に決まっている。酒はともかく薬なんか。それをぼくに飲ませようとしたのか？」

ロレインは開き直って肩をすくめている。

「怒らなくてもいいでしょ。ただの遊びなんだから。もうちょっとでうまくいくところだったのに」

「しかも知らない相手に頼まれた？　そんなことを引き受けるなんてどういうつもりだ⁉」

「何よ。意外につまんないこと言うのね。あたしはただおもしろそうだと思っただけよ」

「ふざけるな！」

「お静かに。声が大きいですよ」

シェラがそっとダグラスをたしなめる。

「それより、この人の処遇が問題ですよ。監察部に引き渡さなくていいんですか」

ダグラスは当然そのつもりだったが、ロレインが血相を変えて立ちあがった。

「よしてよ！　全部話したんだからもういいでしょ。あたしは関係ないんだから！」

「よく言えるな！　それですむ話じゃないだろう！きみのことはぼくから報告するからな！」

「好きにしたら！」

捨て台詞《ぜりふ》を残してロレインは憤然《ふんぜん》と立ち去った。

ダグラスは怒りのあまり顔を真っ赤にしていたが、驚異的な自制心を発揮《はっき》した。少なくともロレインに摑みかかったり怒声を張り上げたりはしなかったが、心中《しんちゅう》穏やかであるはずもない。

そのロレインとすれ違う格好でルウが戻ってきた。持ち運び可能な飲み物の容器を手にしている。

ロレインの後ろ姿をちらりと呆れたように見送り、ルウはシェラがずっと持っていた茶碗を受けとると、その中身を容器に移した。

「今の女の子はダグラスに振られて逆上してたの？それともダグラスが成績いいのを妬《ねた》んでるの？」

「こっちが聞きたい」

　吐き捨てるように言ってルウの手元の容器を見たダグラスだった。

「――どうするんだ、それ?」

「証拠物件だからね。一応、分析したほうがいい」

「それならぼくが監察部に提出する。狙われたのはぼくなんだから」

　ルウは顔をしかめて首を振った。

「やめたほうがいい。実物を提供したらダグラスもこの中身を飲んだんじゃないかって絶対疑われるよ。ここは学生の人権には配慮してくれるところだけど、規律違反には厳しいところだ。もしかしたら、薬物反応検査を受けなきゃならなくなるかもしれない」

「ぼくはかまわない。むしろ検査を受ければ誤解であることがはっきりする」

「理屈はそうでも、実際はそれほど単純じゃないよ。短期留学中に薬物検査を受けるはめになったなんてあんまり名誉なことじゃない。ダグラスにとってもぼくらサノーチェにとってもね。あんなのは一部の例外なんだ。こっちはぼくが引き受けるから、今の女の子の処分を優先するべきだよ。そうすれば誰がこんなことをやらせたのかわかるかもしれない」

　言われてみればもっともだった。

　ダグラスは足音も荒く監察部に向かった。

　事情を説明すると、係の職員も驚いた顔になった。

　それが事実なら捨て置けない。すぐさま本人から事情を聞かなければと言って作業に取りかかったが、人名検索を終えたその職員は怪訝《けげん》な顔になった。

「当校にはロレイン・ヒルという女学生は在籍していませんね」

「そんなはずはない!　学籍簿を見せてください!　自分で調べます!」

「それは許可できません。我々はあなたたち学生の安全を守ると同時にプライヴァシーも守らなければならない立場です」

　堅苦しく言いながらも、実直そうな中年の職員は苦笑を浮かべていた。

「当校には一般の人も大勢出入りしていますから。特に学食は部外者が利用しても違反ではありません。あなたが会ったのは恐らくサノーチェのふりをしてみたかった部外者でしょう」

「それは違います！」

なぜなら――と言い掛けてダグラスは息を呑んだ。

社会学の学生ではないと言いながら、ロレインは教授の名前や講義の内容を詳しく知っていた。

受講生であるダグラスに不審を抱かせることなく話を合わせ、専門的な質問までしてきた。

再び得体の知れない悪寒がダグラスを襲った。

昨日から偽者の局員、偽者の刑事、そして今度は、

「あれが……偽学生？」

職員はしたり顔で相づちを打った。

「ええ。当校はもとより、連邦大学は勉学のために存在する惑星ですが、ここで生活しているのは学生だけではありませんからね。一般の人向けの講義もありますし、部外者が構内にいること自体は珍しいことではないんですが、当校の学生を騙《かた》り、学生に危害を加えようとしたとあっては見逃せません」

そう言いながら、職員は被害の程度に関しては、それほど深刻には考えていない様子だった。

麻薬には極めて厳しいこの星で二十歳そこそこの若者に入手できる薬物など限度がある。

偽学生に扮した女性が自分で言ったように、少し『楽しく』なる程度の薬物だろうと思ったのだ。

とはいえ、油断は禁物である。

万が一その女性が医療関係者だったら、もしくは医療関係者に知人がいるとしたら『本当に』身体に害のある薬物を手に入れることもできるのだから。

仮にまったく無害なものだったとしても、学食に入り込んで学生に薬を飲ませようとしたとあっては、大学の威信に掛けても放置はできない。

何としても正体をつきとめる必要がある。

職員はそうした事情を説明した上で、ダグラスに

同意を求めた。

「そんなわけで、お手数ですが、その女性の似顔絵《モンタージュ》作製に協力してもらえますか？」

ダグラスはふらふらしながら頷いた。


一方、リィは学食の出口を見張っていた。

ここには数ヶ所の出入り口がある。庭へ出られる硝子戸《ガラスど》もある。天気のいい日には外の芝生《しばふ》で昼食を取る生徒の姿がよく見られるし、芝生を突っ切って他の建物へ移動することもできるが、リィはあえて一番大きな出入り口に狙いを定めて待っていた。

悪事が発覚した人間は普通、目立たないところを選んで逃げるものだ。しかし、悪事を働いたことを悟られまいという計算まで忘れない人間は、堂々と、何喰わぬ顔をして他の人間に混ざって出て行く。

その読みは正しかった。やがて大きな鞄を抱えたロレインが足早に学食を出てきた。

少し動揺しているようだが、特に怪しい素振りはない。背後を気にする気配もない。

建物の正面玄関から出て構内を横切り、まっすぐ街へと向かう。

ロレインから少し距離を置いて、リィはのんびり後を追っていた。

天使たち三人の中ではリィが一番目立つ容姿だが、意外にも気付かれずに後をつける能力も一番である。

一度追跡を始めた狼《おおかみ》は決して獲物を見失わない。

ロレインは明らかに尾行には気づいていなかった。

しかし、商店街まで来ると、鋭く背後を振り返り、鞄から携帯端末を取り出した。

一言二言のやりとりで通話を切ると、ロレインは自動タクシーを止めて乗り込んだ。

もちろんリィも別の車を拾って後を追った。

5

共和宇宙連邦は宇宙の平穏と秩序の維持を目的に創設された機関である。

名実ともに共和宇宙の中心として活動しているが、志《こころざし》が立派な正義であっても、力を伴わなければ正義は効力を発揮《はっき》しない。

連邦が百五十を超す加盟国をまとめる力を持ち、非加盟の辺境国にまで強い影響力を持っているのは、一つには言うまでもなく連邦軍という優れた軍隊を持っているからだが、もう一つはその軍事力がいつどこで必要とされるかを掌握している点にある。

連邦軍が連邦の存在感を示す表の力なら、裏から連邦を支えているのが共和宇宙内の異変をいち早く感知する情報収集能力であり、連邦情報局はまさにこの部分を担っている連邦の陰の力の源だった。

共和宇宙連邦にはその性質上、内政干渉の権限は与えられていない。

だが、一国の紛争のはずが周辺国を巻きこんで、本格的な戦火となって広がることも充分考えられる。

そうなってから手を打っても遅すぎる。

だからこそ、情報局は莫大《ばくだい》な予算と人員を使って宇宙の動向を監視することを怠《おこた》らなかった。

情報局には『要注意国』として特に詳細な監視を続けている国がいくつかある。

指導者の独裁化が進んでいる国、政情が不安定で内乱勃発《ぼっぱつ》が懸念《けねん》されている辺境国などは言うまでもないが、本来は頼もしい構成員であるはずの強国も決して油断はできない。野心がすぎれば共和宇宙に重大な脅威をもたらす恐れがあるからだ。

ダルチェフも無論その一つだった。

担当しているのはベロー宙域情報分析局。

情報局の情報収集活動は人的手段と機械的手段に

分かれている。

　方面ごとに設置されている各情報分析局は暗号の解読や通信傍受《ぼうじゅ》ならびに解析を担当している。最新機器を駆使する機械的手段の部署である。

　対する人的手段は文字通り相手の懐《ふところ》に飛び込んで情報収集や諜報活動を行うものであり、ここでは対外防諜局がそれに代表される。

　この日、対外防諜局を統括《とうかつ》するクーパー局長は、情報分析局からの報告を受けて部下を呼んでいた。

「ダルチェフの蜃気楼《ミラージュ》と不死鳥《フェニックス》に動きがある」

　それはダルチェフの特殊部隊の名称だった。

　両方とも地上での作戦を主にしているが、性格は大きく違う。不死鳥が近接戦闘——力ずくの荒技《あらわざ》を得意とするのに対し、蜃気楼はその名の通り実態を摑《つか》ませない非合法活動を得意とする部隊だ。

　その両者が国外で活動しようとしているのならば、当然、連邦も対応手段を執《と》らなければならない。

　防諜局四課のハウエル課長はきびきびした中年の男だった。意志の強そうな太い眉《まゆ》と鋭い眼を持ち、長年の習慣で顔には出さなかったが、これは大事になりそうだという予感を覚えながら短く訊《き》いた。

「潜入先は？」

「連邦大学《ティラ・ボーン》だ」

　気勢をそがれたハウエル四課長は軽く眼を剝《む》いた。

「それは新手の冗談ですか？」

「わたしもリッジモンドにそう尋ねた」

　同僚のベロー宙域情報分析局長の名前を挙げて、クーパー局長は話を続けた。

「彼は絶対に間違いはないと断言している。無論、彼らの調査に間違いなどあろうはずがない。しかも今回の出動はかなりの規模だという」

「お言葉ですが、ダルチェフの蜃気楼が連邦大学《あのほし》に何の用があるというんです？　しかも不死鳥まで」

　これほど似合わない組み合わせもちょっとない。

　不死鳥部隊は主に国内の都市を狙ったテロ活動の阻止などに活躍しているとされている。

されているというのは、ダルチェフ政府は不死鳥部隊の存在を公式には認めていないからだ。

大々的な募集活動を行って広報に力を入れているダルチェフ正規軍と違って、この部隊は表向きには存在しないことになっている。

その不死鳥が国外で活動した例としては九八四年、惑星シュタイクのダルチェフ大使館占拠事件がよく知られている。シュタイクは政情の不安定な国で、地元の過激派が武装して大使館を襲撃、大使館員と自爆用の爆弾を盾《たて》に籠城《ろうじょう》、身代金を要求したのだ。

二十日間の籠城の末、軍が強行突入し、過激派を全員射殺した。突入部隊に二名の死者が出たものの、人質は全員無事に救出され、爆弾も安全に処理され、この事件は共和宇宙中に大々的に報道された。

表向きは地元のシュタイク軍の作戦が功を奏して解決したことになっているが、実際は不死鳥部隊が陰で動いていたはずだと軍事評論家は推測している。

そして対外防諜局に所属しているハウエル課長はそれが事実であることを知っている。

しかし、蜃気楼に到ってはこうした派手な動きも見せない。

連邦情報局の総力をもってしても、未だに実態が摑めない謎の部隊なのである。

はっきりしているのは表向きは国土安全保障局の分室であること、実際は内務相の直属であること、国内の不穏分子の駆逐に威力を発揮していることだ。

「連邦大学の学生がダルチェフを壊滅させる未知の病原体の培養にでも成功したんですか？」

ハウエルは半ば投げやりに、半ば本気で言った。

過去の例を思い出してみても、生まれたばかりの赤ん坊を細菌爆弾に仕立てたテロリスト、幼稚園を拠点に活動していた母親たちの犯罪組織などがある。

どんなにありそうにないことでも、こんな仕事をしている限り『絶対にない』とは言い切れないのだ。

クーパー局長は首を振った。

「その可能性はマーフィーがきっぱり否定した」

連邦大学は自治能力を持っているが、同時に連邦直属の組織でもある。

中央座標《セントラル》や連邦大学の内部に異変が起きているかどうかを監察するのは連邦情報局の仕事ではない。

それは連邦捜査局の管轄《かんかつ》だ。

捜査局の対テロ部長であるマーフィーはクーパー局長の知人でもあった。局長がダルチェフの動きを伝え、連邦大学で何が起きているのかと尋ねると、マーフィー対テロ部長は『何もない』と断言して、呆《あき》れたように言い返してきた。

「そもそもダルチェフが察知するほどの異変があの惑星で起きているなら、自動的に我々の耳にも入る。我々が気づかない事実にダルチェフが気づくという図式はまず有り得ない」

公平に見て、この言い分は筋が通っている。

クーパー局長も連邦捜査局の捜査能力をそれほど見くびっているつもりはない。

その反面、ベロー宙域情報分析局の調査結果も同じくらい信憑性《しんぴょうせい》がある。

ハウエル四課長は肩をすくめた。

「どちらかが間違っているのか、ダルチェフが捜査局を出し抜く方法を手に入れたか、どちらです？」

「それを調べろと言っている。分析局は自分たちの仕事を果たした。今度は我々の番だ」

「確かに」

「しかし、場所が場所だ。くれぐれも派手な動きは控えなければならんぞ」

「勉学に励《はげ》む学生の邪魔をするなというのでしょう。心得ていますよ」

「そうではない。活動自体を控えろという意味だ」

これにはハウエルも首を捻《ひね》った。

諜報活動というものはもともと密かにやるものだ。

それをさらに控えめにしろとは……。

「失礼ですが、具体的にお願いします」

「それはわたしにもわからん。ベルンハイムは何か知っているようだったが……」

クーパー局長は少し苦い顔だった。

国際情勢局長のベルンハイムはヴェラーレン連邦情報局長官の懐刀で、次期情報局長官最有力候補の呼び声も高い人物だ。同輩のクーパー局長としてはいささかおもしろくないのである。

「いくら問い質してもはっきりしたことは言わんが、今の連邦大学は一種の伏魔殿なんだそうだ」

耳慣れない単語である。

「リッジモンドがただちに監視行動に入るべきだと強硬に主張したのに対し、迂闊《うかつ》に上陸はできないと最後まで反対した。あげくの果てには長官の許可を取るべきだとまで言い出す始末だ」

今回の任務は向こうの出方を窺《うかが》うことだ、いわば単なる監視にすぎない。その程度の任務で諜報員を派遣するのに、いちいち連邦情報局の最高司令官の承認を受けるなど聞いたこともない。

クーパーは対外防諜局長という彼の権限をもってベルンハイムの主張を退《しりぞ》けたが、気になる。

国際情勢局は特定の宙域や特定の国家を担当するそれぞれの情報分析局とは違い、いわば経済全般を担当している。共和宇宙に多大な影響を与える巨大企業や財閥の動向に注意深く眼を光らせ、連邦との関係維持に気を配っているところなのだ。

そんな部署の最高責任者が今の連邦大学には上陸不可能だと熱弁を振るったのである。

その言葉を頭から無視することは危険だったが、理解に苦しむのも確かだった。

ハウエル課長は現状を率直に口にした。

「あんな学生しかいない星にダルチェフの蜃気楼と不死鳥が揃《そろ》って乗り込み、国際情勢局が尻込みしている？　ただならぬ事態のようですな」

「その通りだ。学生しかいないはずの星でいったい何が起きているのか、早急に確認しろ」

「了解しました」

6

偽学生の後をつけていったリィは、夜になってもフォンダム寮に戻ってこなかった。

しかし、朝食の時間にはちゃんと食堂にいたので、シェラは安堵《あんど》して胸を撫《な》で下ろし、事情を知らないジェームスは驚いて言ったものだ。

「朝帰りなのか、ヴィッキー？」

「違うって。昨日遅く帰ってきたんだけど、門限に間に合わなかったんだ。舎監に中に入れてもらってちゃんと自分の部屋で寝たよ」

十三歳のジェームスは呆《あき》れ顔になった。

「そんなことばっかりやってると生活態度の点数がひどいことになるぞ」

「おれもそれが一番心配だよ」

大真面目に言ったリィだった。

しかし、今はそれ以上に大事なことがある。

この日の授業が終わるのを待ちかねていたように、リィとシェラは再びサフノスクのルウを訪ねた。

ルウはいつものように学食で二人を待っていたが、今日は天気がいいからと二人を外に誘った。

本当は芝生《しばふ》の上にいれば、人が近づいてきた時にすぐにわかるからだ。

聞かれたくない話をする時は密室に籠《こ》もるより、見晴らしのいい広い場所を選ぶのが鉄則である。

芝生に腰を下ろしてルウがリィに尋ねた。

「大学当局はダグラスの証言を元にして、さっそく似顔絵をつくらせたけど——彼女どうした？」

「もう戻ってこないと思う。宇宙港に直行した」

シェラが驚いたように言う。

「あの格好でですか？」

「ああ、搭乗手続きの前に一度ホテルに寄ったけど、クロークで荷物を受けとっただけで部屋には入っていないし、服も着替えてない。誰とも接触してない。通信もここを出た直後に一言、二言話しただけだ」

ルウが言った。

「それはたぶん、失敗の報告をしたんじゃないかな。彼女が乗った便はダルチェフ行き？」

「いや、セントラル行き。だけど空席情報を調べて一番早く離陸する便を取ったみたいだからな。行き先はどこでもよかったんじゃないか」

シェラも頷《うなず》いた。

「万が一失敗した時はなるべく早くこの星を離れる。あらかじめてそのように決めてあったんでしょうね。――珈琲《コーヒー》に入れられた薬は何でした？」

訊《き》かれたルウは肩をすくめた。

この人は構造学科に在籍しながら医薬にも詳しい。サフノスクには最新設備の整った施設もあるので、人任せにはせず自分で分析したのである。

「確かにある意味、楽しくなれる薬かもしれないね。飲んだら確実に天国に直行だよ」

予測はしていても、金銀天使は厳しい顔になった。

今度はリィがシェラに訊く。

「あの彼女が薬の正体を知らなかった可能性は？」

「ありません」

断言したシェラだった。

「人に頼まれただけだと、たいして害のない薬だと言い張っていましたが、それは嘘《うそ》です。あの女性は間違いなく本職の人間です。わたしから見ればまだまだですが、しくじった時の反応にだけは及第点をやってもいいでしょうね」

「間違っても殺意は認めない。自分も人に頼まれただけで何も知らない――そういうことか？」

「ええ。ちょっと悪戯《いたずら》するつもりだったというのは嫌疑を逃れる言い訳としてはうまいと思います」

「だけど、殺そうとして失敗したその足で宇宙港へ行くなんて、指名手配されたら逃げようがないぞ」

ルウが答えた。

「それだけ彼女は自分の芝居《しばい》に自信があったんだよ。

実際、本来の目的は失敗したけど、ダグラスくんを騙《だま》すことはできた。たちの悪い悪戯を仕掛けられた、ちょっと気分のよくなる薬《ドラッグ》を飲まされそうになっただけだってね。それだけの罪なら宇宙港に指名手配なんかされるわけがない。珈琲が分析されれば話は別だけど、それまでには相当時間がかかるはずだと——逃げ切れると踏んでたんだろう」

殺人未遂が発覚しなければ、到着国にも指名手配されるはずはない。堂々と入管をくぐれる。

リィはさらに首を傾《かし》げている。

「どうもわからないな……。一昨日の二人に殺意がなかったのは確かだ。あの連中はダグラスの身柄《みがら》を確保しようとしただけで、言い換えれば生きているダグラスに用があったんだ」

ルウが続けた。

「それなのに、昨日の彼女は大勢の学生の眼の前でダグラスを殺そうとした」

シェラも同意した。

「あの様子ではこれが初めてでもないでしょうね。とんだ未熟者ですけど」

「どうしてもそこが気になるんだね」

ルウがからかうように笑うと、シェラもさすがに気まずい顔になったが、その点は譲れないらしい。

「昨日、わたしはさんざん気配で訴えたんですよ。ここに自分がいるぞと。わたしの眼の前で何をする気だと。普通ならあの時点で仕掛けるのは諦《あきら》めます。あれだけ露骨《ろこつ》な態度に気づかなかったんですから、未熟者と言うしかありません」

「だけど、素人《しろうと》でもない」

黒い天使の口調には妙な重みがあった。

「あの薬はそんじょそこらで簡単に手に入る砒素《ひそ》や青酸とはわけが違うよ。おかげで分析にもずいぶん時間がかかった。あれを飲んで死んでも、検死では立派な心臓発作に見える」

「司法解剖したら？」

「それならわかるだろうけど、よほど死因に不審な点がない限りしないよ、解剖なんて」

リィは不可解な顔でがしがし頭を掻《か》いた。

「何だってダグラスがそこまで狙われるんだ？」

シェラも眉《まゆ》をひそめている。

「彼のお父さまは本当に治水と水源を担当しているだけなんでしょうか？」

ルウが首を振った。

「そうじゃない。彼はそう信じているみたいだけど、これはたぶん、ダグラスのお父さんとは関係ないよ。最初は拉致《らち》しようとして、身柄の確保に失敗したら今度はすぐさま殺そうとした。どう考えても狙いはダグラスくん本人だ」

「…………」

「エディの言う通り、そこが逆に不思議なんだよ。どうして普通の学生のダグラスくんが本職の殺し屋なんかに狙われるのか？」

シェラが嘆息《たんそく》した。

「本人に訊いてみても……無駄でしょうね」

リィも首を振った。

「無駄だな。そんな心当たりがあるならダグラスはとっくに言ってる――占いで何とかならないか？」

「無茶言わないでよ。手札は万能じゃないんだよ。だいたい何を占えばいいかもわからないのに」

ルウは呆れて言い返した。

「今の彼の身に何が起きているかを占ったら危険が迫っていると出るに決まってる。その危険の正体を占おうにも、肝心《かんじん》のぼくには事情がわからないんだ。――それじゃあどんな手札が出てきたって正確には読み取れないよ」

シェラは不思議そうにルウを見つめた。

シェラの眼には万能に見えるのだが、その真価を発揮《はっき》するには微妙な発動条件があるらしい。

「やはり、本人に話を訊くべきでは？」

「だけど、ダグラスくんはまだ十八歳の男の子だよ。その点を忘れないように」

金と銀の天使たちは首を傾げた。

「どういう意味だ？」

「普通の十八の男の子は命を狙われたって聞いたら、きみたちみたいに平気ではいられないんだよ」

十三歳の少年二人はきょとんと顔を見合わせて、納得したように頷きあった。

「言えてるかもな」

「忘れていました。ここでは命が危険にさらされることなど滅多にないんでしたね」

「だけど、ダグラスが狙われているのは確かだぞ。シェラが気づいてくれたから助かったようなものの、下手《へた》をしたら昨日のうちに死んでたんだ」

「確かに、何とかしなきゃいけないよね」

ルウも頷いて立ちあがった。

そろそろ短期留学生の一日の受講が終わる頃だ。

授業中に部外者は近づけない。まず安全だろうが、一昨日と昨日の例を見ても油断はできない。

ルウを先頭に三人はダグラスが講義を受けている教室に向かったが、一足遅かった。

ちょうど授業が終わったところなのにダグラスがいない。同じ教室から出てきた学生に訊いてみると、この時間帯は学生だけの討論だったが、ダグラスは授業中に退席してしまったというのである。

「忠告はしたんだ。そんな非協力的な態度は評価に響くって。だけど、彼は大事な用があるって言って、二十分くらい前かな、出て行っちゃったんだよ」

困惑も露《あら》わな学生の言葉を聞いた三人はすぐさま街へと続く大学の正門に向かった。今のダグラスが一人で街中を歩くのは危険極まりない。

構外に出たところで、ルウが辺りを憚《はばか》りながら、リィとシェラに小さな機械を握らせた。

「何かあったら使って」

携帯端末だった。

中学生が持つことは許されていないし、中学生に持たせたことがわかっただけでも処罰を食らうが、この際そんなことは言っていられない。

「おれとシェラはマーロン署に行ってみる」

「じゃあ、ぼくは大使館だ」

彼らは二手に分かれて街に飛び出した。


ターナー刑事にお目にかかりたいと受付に頼むと「お約束はおありですか?」と問い返された。

その答えにほっとして、ダグラスは首を振った。

少なくともターナー刑事がここに勤めているのは間違いないらしい。

「約束はしてないんですが、会えますか?」

「申しわけありません。ターナーは今外出中ですが、じき戻ってくるはずです」

ダグラスはそれまで待たせてもらうことにした。

署の受付は他にも大勢の人でごった返している。

色々な人が出入りする正面玄関を見つめながら、ダグラスはぼんやり立っていた。

授業を途中で抜けるなんて自分でも信じられないことをしていると思った。

もちろん最初は放課後になってからここを訪ねるつもりだった。しかし、身体は教室にあって授業を受けていても、まったく討論に集中できない。

これでは参加していないのと変わらない。

一番の気懸かりを先に片付けるべきだと判断して、ダグラスは思い切って飛び出してきたのである。

「ターナー刑事」

その呼びかけにはっとして顔を上げれば、受付が外から帰ってきた男に話しかけていた。

受付がダグラスに眼を向けながら何か説明すると、男も訝《いぶか》しげにこちらを見た。

自分に向かって歩いてくる背の低いずんぐりした無愛想な男を、ダグラスは茫然《ぼうぜん》と見つめていた。

「エイブラハム・ターナーだけど、何か用?」

「……この署には他に同姓同名の刑事は?」

「いいや、いないよ。マーロン署にエイブラハム・ターナーはぼく一人だ」

「失礼しました。勘違いだったようです」

ダグラスはやっとのことで挨拶《あいさつ》して、きょとんとしているターナー刑事に背を向けた。

複数の疑問がぐるぐる頭を回っていた。

あの男は何者だったのか？　なぜ刑事を名乗って会いに来たのか？　一昨日自分を拉致しようとした男たちと何か関係があるのか？

この後は大使館に行くつもりだったが、身体から見事に力が抜けてしまっている。

リィとシェラがやってきたのは、ダグラスが署の正面玄関を出るのとほぼ同時だった。

リィはダグラスを見て笑顔になったが、ちょっと心配そうに問いかけた。

「その様子だとターナー刑事は架空の人物か？」

「いいや、実在の人物だ。たった今確認してきた。昨日会った刑事とはまったくの別人だってことを」

ダグラスは皮肉っぽく言った。

彼は少し苛立《いらだ》っているように見えた。眉間《みけん》に深い皺《しわ》がより、口元は厳しく引き結ばれている。

「ぼくの周りでいったい何が起きているんだろうな。父と連絡を取ろうにも未だにつながらないんだ」

「その点を考えてみないか、おれたちと一緒に」

ダグラスは苦笑して首を振った。

「気持ちはありがたいけど、これはぼくの問題だ。きみたちを巻きこむわけにはいかない」

「もうとっくに巻きこまれてるよ」

金髪の少年はあっさり言った。

傍《そば》にいた銀髪の少年も控えめに言ってきた。

「わたしたちでは頼りにならないかもしれませんが、一人で考えているよりずっといいはずです」

「それにルーファもいる。――そうだ。ダグラス。携帯端末を持ってるか？」

「いや、短期留学には必要ない」

そこでリィは懐《ふところ》に端末を持っていながら、眼の前の警察署の公衆端末からルウに連絡を取った。

待ち合わせの場所を決めて三十分後には、四人は学生でにぎわう軽食堂《カフェテリア》にいた。

「ここはパイがおいしくてね。新作のチョコレートメレンゲも捨てがたいけど、アップルパイとブルーベリーパイが絶品なんだ。――あ、それと、今日はエクレアにしておこうかな」

ルウが次々にケーキを注文するので、ダグラスは急いで言った。

「結構だ。珈琲だけでいい」

「自分のしか頼んでないよ？」

きょとんと言われてダグラスは絶句した。

中学生二人はいつものことなので苦笑している。

その二人はお茶を頼んだ。

やがて彼らの机の上は、傍目《はため》には一人ずつ飲物とお菓子を頼んだように見える状態になった。

しかし、実際には、甘いものの皿はすべて一人が担当して片端から平らげている。

「やっぱり偽刑事だったんだ？」

ルウは嬉々《きき》として次から次へとケーキを口に運び、その有様をダグラスが唖然《あぜん》として見つめている。

「だけど、その偽刑事さん、まるっきり嘘を言ったわけじゃないよ。ダルチェフ大使館に訊いてみたら、ジョン・ブラウンとピーター・グリーンは我が国の文化局員に間違いありませんってさ」

「本当か⁉」

「ほんと。ただし、もう連邦大学《このほし》にはいませんって。昨日帰国したそうだよ」

その言葉にダグラスは犯人を取り逃がした無念の顔になり、リィとシェラはロレインと名乗った女のことを同時に考えた。

失敗したらただちに現地を離れる。同じやり方だ。

リィが独り言のように呟《つぶや》いた。

「その二人はダグラスの誘拐《ゆうかい》に失敗したから責任を取らされたのかな？」

ルウが首を振った。

「銃をなくしたことがまずかったんじゃないかな。本体に固有番号《シリアルナンバー》が打ってあったら、誰の持ちものか調べればすぐにわかる。もし番号を消してあったら表向きには出せない非合法な銃だ」

「おれにばらせるところまでは分解してみたけど、どこにも番号なんか入ってなかったぞ」

「ダルチェフの公務員がそんな銃を持っていたってばれたらまずいからね。逃げたのは正解だよ」

ダグラスが顔をしかめた。

飲んでいる珈琲以上にその表情は苦かった。

「……つまり、大使館は、あの二人が文化局員だと、嘘を吐いたのか？」

「外部から問い合わせがあったらそう答えるように言われてるんじゃない？」

美味《おい》しいエクレアにかぶりついて眼を細めながら、ルウはけろりと言った。

「どこの国だって、『はい、それは非合法な活動に従事しているうちの諜報員です』なんて言わないよ。ぼくは、彼らが自分の口でダグラスに言ったことが本当だと思う。国土安全保障局の人間だってね」

ダグラスはますます唸《うな》った。

それはそれで非常に認めがたいことだからだ。

「何を信じればいいのか、何が嘘で何が本当なのか……ぼくにはもうさっぱりわからない」

嘆《なげ》くダグラスに、リィが言った。

「簡単だ。そんなの。ダグラスが自分の眼で見て、自分の頭で考えて本物だと思ったものが本物だよ」

「そこが情けないんだ。ぼくには立派な本物に見えたんだから。一昨日の安保局員も昨日の刑事も、ぼくには立派な本物に見えたんだから」

「それは向こうの芝居がうまかったからさ。一度や二度の失敗で諦めるなよ。こんなのは経験がものを言うんだ。何度も騙されていればそのうちいやでも見分けられるようになるさ」

「エディ。それ、励《はげ》ましになってない」

「同感です」


やがて彼らは軽食堂を出た。ここでの話し合いは特に進展を見なかったからだ。

事情聴取に来た刑事は偽者と判明し、ダグラスを拉致しようとした二人は既に連邦大学を離れている。

解決策を模索するにも材料が少なすぎる。

軽食堂を出ると、ルウは何か思い出したように、リィとシェラに声を掛けた。

「ダグラスと一緒に先に大学に戻ってくれる？」

二人とも余計なことは言わない。黙って頷いたが、ダグラスだけが不思議そうな顔だった。

なぜならこの二人は中学生なのだ。

「寮に返すならともかく、どうして大学に？」

「いいから。先に行って」

三人と別れたルウは通り沿いの雑貨店に入った。大きな陳列窓越しに通行人の様子がよく見える。

リィたちと同じ方向に向かって歩く人を、ルウは品物を選ぶふりをしながら注意深く観察していた。

人は普通、何となく前を向いて歩いている。

ここから見ている限りでもそうだった。無意識に前方の光景を視界に入れて足を運んでいる。

しかし、その中に一人、明らかに何かを意識して前を『見て』いる人がいた。

ルウのいる店内からはほんの数秒見えただけだが、背の高い金髪の若い男だった。

その男が通りすぎた後、ルウは十秒を数えてから雑貨店から出た。

眼の前には大学へとまっすぐ続く道がある。

すぐ前にその若い男の後ろ姿が、かなり向こうに三人の後ろ姿が見える。

しばらく後をつけてみたが、男は一人だった。

他に仲間がいる様子はない。

それを見届けてルウは足を速め、堂々と男の肩を叩いたのである。

男は驚いて振り返った。突然知らない相手に肩を叩かれれば当然だろう。

ルウを見て訝しげな、探るような顔になったが、男が何か言うより先にルウは笑って言った。

「偽者のターナー刑事さん？」

「はあ？　何を言ってる」

「ここで会えたのはちょうどよかった。ダグラスもきっとあなたに会いたがるだろうし、ぼくとしても、いろいろ話を聞かせてもらいたいんでね。ちょっとつきあってくれないかな？」

男は呆気《あっけ》にとられた。ますます訝る顔になったが、両手を広げて肩をすくめ、相手にしていられないと態度で示した。

「悪いが誰かと間違えてないか。失礼するよ。先を急ぐんでね」

「冗談でしょう？　やっと話をしてくれそうな人を見つけたのに」

ルウはびくともしない。

品定めをするように男を見て、薄く微笑した。

「ダグラスに見てもらえばすぐにわかることだよ。一緒に来るのと、こんな街中で偽刑事って言われて警察に通報されるのと、どっちがいい？」

男は忌々《いまいま》しげに舌打ちした。

刑事を詐称《さしょう》した以上、警察はまずいという自覚はあるらしい。短い葛藤《かっとう》の後に頷いた。

「……わかったよ。参ったな」

「ぼくはルーファス・ラヴィー。そっちは？」

「ディオンだ。グレッグ・ディオン」

先に行った三人は構内の芝生で待っていた。

ディオンの顔を見てダグラスが飛び上がったのは言うまでもない。だが、ディオンは笑って、いきり立つダグラスを押さえたのである。

「まあ、怒りなさんな。嘘を言ったのは悪かったよ。本当はこういうもんだ」

男が見せた名刺には難しい略語が並んでいた。

「……新聞記者？」

「違うね。フリージャーナリストって言ってくれ。今は軍事を専門にやってる」

リィは視線だけでシェラに確認を求め、シェラはそっと首を振った。これは自分の『お友だち』には見えない。昨日の女性とは明らかに別種の人間だと無言で応えたのである。

ダグラスはそんな二人の様子には気づかない。

ただでさえきつい目つきをいっそう険《けわ》しくして、ディオンに詰め寄っていた。

「それならそう言えばいい。ジャーナリストがなぜ刑事だなんて嘘を吐く必要があったんだ?」

「そりゃあ、俺がずっと追いかけていたあの二人がきみに接触したと知ったからさ。ザックくん」

「ダグラスでいい。家族以外に名前で呼ばれるのは馴染《なじ》みがない」

「了解。ダグラス。言っておくが昨日の話は全部嘘ってわけじゃない。疑うなら自分で確認してみろ。きみの国の大使館はあの二人を文化局員だと言うが、実際は違う。国土安全保障局の人間だ。その中でもダルチェフがあんまり表沙汰《おもてざた》にしたくないと考える部分に深く関わっている人間なのさ」

男の話しぶりは別人のようだった。

昨日は妙に明るくへらへらした印象だったのに、今は妙に熟《こな》れた抜け目のない人物に見える。

恐らくはこちらが地だ。

ダグラスに睨《にら》まれながらも芝の上に片膝《かたひざ》を抱えて座ると、ざっくばらんな口調で話を続けた。

「ま、最初から話そうか。俺は各国の軍備を記事にして発表している。特に公式の軍隊には含まれない、それでも間違いなくそこに存在している軍事部門にいくらか光を当ててやっている。そういう仕事だ」

リィが呟いた。

「存在しているのに公式には含まれない?」

シェラも注意深く意見を述べた。

「連邦軍には特殊部隊という遊撃隊があると聞いたことがありますが、それのことですか?」

「ただの特殊部隊じゃない。そりゃあどこの軍にも荒事専門の部隊はあるが、それは何かあったら報道陣の前に出てきて取材に応じる『まともな部隊』だ。俺が追っているのは違う。その活動は何があっても決して報道《メディア》には公開されない。何しろそんな部隊は『ない』んだからな」

　ディオンは中学生の少年二人が気になったらしく、苦笑してダグラスに問いかけた。

「今は大人の話をしてるんだが、こちらのきれいなお子さんたちは何でここにいるのかな？」

「立派な関係者だからさ。いいから話を続けろ」

　リィの言葉にダグラスが顔をしかめた。

　この少年の態度にも慣れたつもりだが、子どもが大人にこんな口のきき方をすることは本来、非常によくないことだとダグラスは思っている。

　リィはダグラスの言いたいことを察したようで、ダグラスにはなだめるような眼を向け、ディオンに対してはさらに挑発する口調で言った。

「相手が礼節を守らないのに、こっちが礼儀正しく応対してやる必要はないだろう。今の話が本当ならこの自称記者はブラウンとグリーンの動きを知っていた。つまりダグラスが拉致されるのを知っていて、黙って見ていたことになるんだぞ」

「それはとんでもない濡《ぬ》れ衣《ぎぬ》だ。この彼氏が連中の目的《ターゲット》だって知ったのは別の路線《ルート》からだぜ。ただし、その情報源は言えない。こっちにもこっちの事情があるんでね」

　ディオンはすました顔である。

「ダルチェフには公式には存在を認められていない特殊部隊がわかっているだけで二つある。それぞれ不死鳥《フェニックス》、蜃気楼《ミラージュ》って大層な名前で呼ばれていてな、不死鳥のほうは荒事専門の戦闘部隊で、九八四年のシュタイクで発生したダルチェフ大使館占拠事件の解決に一役買ったと言われている」

「対テロ部隊ってことか？」

「それだけじゃない。あらゆる戦闘に精通している武装集団だ」

「蜃気楼のほうは？」

「こっちはその名の通りまったく実態が摑《つか》めないが、活動内容だけはわかってる」

　ディオンはわざと一拍置いて言った。

「ずばり、暗殺だ」

リィとシェラがちらりと眼を見交わした。

ルウも驚いた様子を見せなかったが、ダグラスはそうはいかない。きつい眼差しでディオンを睨んだ。

「嘘だ。ぼくの国にそんな非合法組織があるなんて聞いたこともない」

「もちろんさ。俺はさっきからそう言ってるだろう。そんなものが『ある』と一般に知れたらダルチェフ政府は宇宙中から非難囂々《ごうごう》だ。だから隠してるのさ。それに、人殺し専門の部隊は何もダルチェフだけの専売特許ってわけじゃない。どこの国にもあるぜ。連邦だって凶悪犯人に対処する狙撃班を持ってる。マースもエストリアも同様だ。ただ、ダルチェフの蜃気楼が片付けているのは凶悪犯じゃなく、政府に批判的な思想家や事業家、報道記者だってところが他国や連邦とは違う。もう一つ大きな特長として、この部隊は暗殺に銃や刃物を使わない。あくまでも自然死か事故に見せかける技能集団なのさ。だからなおさら実態が摑めない」

「……あの二人が、その特殊部隊の隊員だと？」

「だったら話は簡単だったんだがな」

わざとらしく嘆息する。人を小馬鹿にするようなその態度がダグラスには不愉快《ふゆかい》だった。

「不死鳥にせよ蜃気楼にせよ、顔を見られるような下手《へた》は打たない。第一、ただの学生のあんたがなぜ特殊部隊に狙われて拉致されるんだ。それとも何か心当たりがあるのか？」

「あるわけがないだろう！　ぼくはそんなものとはまったく無関係なんだぞ！」

「そうだ。あんたは関係ない。しかし、ブラウンとグリーンは違う。あの二人は安保局の中でも比較的この特殊部隊に近い位置にいるはずの人間なんだ。その二人が恐らく国の密命を受けて、連邦大学までやって来たんだ。これがただごとであるはずがない。連中がなぜあんたに接触したのか、何が目的なのか、俺はぜひとも知りたいし、知らなきゃならん」

「そんなことはあの二人に訊けばいいだろう！」

ディオンはおかしくてたまらない顔になった。

「坊や。頼むからちょっとは頭を使ってほしいな。素直に取材に応じてくれるとでも思ってるのか？」

ダグラスは頬《ほお》を紅潮させて言い返そうとしたが、ディオンはそれを制する形で続けた。

「ま、坊やが混乱するのはもっともだがな。実際、俺にもわけがわからないのさ。安保局が学生一人にこれほど拘《こだわ》るその理由が。どう考えてもありえない。しかし、あんたが巻きこまれてることも確かなんだ。——あんたいったい何をやらかした？」

再び大声で喚《わめ》こうとしたダグラスをルウが抑えて、ディオンに尋ねた。

「あなたの意見は？」

「俺？」

「そうだよ。あなたは軍事が専門だと言った。その特殊部隊にも安保局にも詳しいんでしょう。彼らがこんな動きを見せるのはどんな時だと思う？」

男は真面目くさって頷いた。

「いい質問だ。だから正直に答えよう。俺は最初、この坊やが安保局に悪戯を仕掛けたんじゃないかと思った。感脳工学に卓越した天才には国防管理脳の攻略はたまらないスリルらしいからな。軍事機密にちょっかいを掛けて突破したがる奴は珍しくない。たいていは国防管理脳に閉め出されて終わりだが、今回は奇跡的にその悪戯が成功したのかと思った。しかし、この線は消えた」

社会学専攻のダグラスにそんな真似は不可能だ。

「他に可能性があるとしたらこの坊やが軍事機密を納めた記録媒体か何かを安保局から盗み出したってところなんだが、これまた現実的じゃない」

「あんたは現実の話をしてるのか？　それとも使い古された間諜《スパイ》映画の内容をしゃべってるのか？」

ダグラスの言葉に殺意が籠もっていたとしても、誰も彼を責められないはずである。

ディオンの言い分はどれもこれも、普通の学生のダグラスには悪い冗談としか思えなかった。

だが、軍部の陰の部分を知っているディオンには
ダグラスの憤慨《ふんがい》すら哀れみの対象であるらしい。

「ここからは俺の推測だが、ブラウンとグリーンは十中八九あんたを連れて帰って何か白状させるか、逆に忘れさせるかするつもりだったんだろうと思う。あんたの親父さんはパティークの省代表議員だから、最初はそれほど手荒な真似をするつもりはなかった。ところが、あの二人はあんたを連れずに帰国した。なぜだと思う？」

「知るもんか！」

「自分のことだろうが。もっと真剣に考えるんだな。ダルチェフの国土安全保障局は内務相にも軍部にも深く関わっているお役所だ。あの二人の手に余ると判断して引き上げさせたのなら、次はもっと物騒な相手がお出ましになるかもしれないぜ」

リィもルウもシェラも黙っていた。

その『もっと物騒なもの』には心当たりがある。

それは既に仮定ではない。実際にやってきたが、もちろん三人はそんなことは言わなかった。

リィがディオンを見据えて訊く。

「おまえ、何が狙いだ？」

ディオンはちょっと瞬《まばた》きしてリィを見返した。

年齢に似合わない強い視線に戸惑ったようだが、曲者の笑みを浮かべてダグラスを親指で指した。

「この坊やは手がかりなんだよ。張りついていれば、俺が追ってる材料《ネタ》に少しは近づけるんじゃないかと期待しているわけさ。ま、その俺が言うのも何だが、堅気の学生さんがこんな物騒な世界と関わるのは、あんまり感心したことじゃないんだがな」

ダグラスは憤然《ふんぜん》と言った。

「ぼくは今までそんなものに関わったことはないし、これからも関わるつもりはない。だいたいあんたの話は荒唐無稽《こうとうむけい》もいいところだ」

「威勢がいいな。坊や」

大人の余裕でディオンは笑った。

それから急に真顔になった。

「俺はあんたを心配して言ってるんだ。忠告するが、ダルチェフ人のあんたがダルチェフの安保局に眼をつけられたらどこへも逃げ場はない。国へ帰れるかどうかすら保証されなくなるんだぞ」

ダグラスはディオンの顔を真正面から見つめて、唸るように言った。

「ぼくは祖国に恥じるようなことは何もしていない。それなのになぜ帰国もままならなくなるというのか、理解できるように説明してもらいたい」

「喜んでその要請に応えましょう。あんたは自分で気づいていないようだが、安保局を騒がせることを何かやってるはずなんだ――絶対に。ダルチェフの暗部が血相を変えて動かざるを得ないほどの爆弾が今のあんただ。――そこでお願いなんだが、自分が何をやったのか、早く思い出してくれないか?」

ダグラスは呆気にとられた。

あまりに予想外の指摘に驚き、声も出なかったが、ディオンは見たところ真剣そのものである。

「そう考えなければ説明がつかないことが多すぎる。安保局はあんたを放っておく気はない。また現れる。それに対してあんたは身を守る術《すべ》を何一つ持たない。特殊部隊に狙われていると訴えたところで、ここの警察が取り合ってくれるわけがないしな。大使館に駆け込めば、それこそ飛んで火に入る何とやらだ」

「…………」

「自分の身が大事なら何をすべきか自分で考えろ。俺の言いたいことはそれだけさ」

ディオンはダグラスに自分の連絡先を押しつけて、にやりと笑って立ちあがった。

「じゃあ頼むぜ。心当たりを思い出したらいつでも連絡してくれ。悪いようにはしないから」

手を振ったディオンの後ろ姿が見えなくなっても、ダグラスはまだ茫然と芝生に座り込んでいた。

リィが吐息を洩《も》らした。

「おれは余計なことをしたのかな?」

「何だって?」

ダグラスが驚いて問い返すと、リィは頭を掻いて珍しくも自信のなさそうな口調で答えた。

「ダグラスに危害を加えるつもりがなかったのなら、あの二人を撃退する必要はなかったかもしれない。あれで却《かえ》って事態が悪くなったとしたら……」

「ヴィッキー。あの男の話を信じているのか？」

ばかばかしいとダグラスは笑い飛ばしたが、他の三人は笑わなかった。

何とも言えない顔で眼と眼を見交わし、代表してルウが言った。

「気がつかなかった？　あの人、最初はダグラスにつきまとっているのは安保局だって言ってたんだよ。それが最後は『特殊部隊に狙われる』になってた」

リィも頷いた。

「あれは自分で話した以上のことを何か知ってるな。本当にダグラスが危険だと思ってる感じだった」

「あの人の言う心当たりって、思い出せない？」

ダグラスは苛立たしげに首を振った。

「あの男が何を言ってるのかさっぱりわからないよ。思い出せと言われても手がかりもないのに……」

「ううん。手がかりならあるよ。ダグラスは自分の学校からまっすぐこっちに来たの？」

「いや？　一度帰国したが……」

「それだよ」

断定的に言ったルウだった。

「ダグラスがツァイスの学校にいる時は身近に何も異常は感じなかったんでしょう？　それがこっちへ来たとたん安保局の人が押しかけてきたわけだから、その一時帰国の時に何かあったとしか思えない」

ダグラスは呆気にとられた顔でルウを見つめたが、ますます困惑した様子で首を振った。

「ありえない。何かあれば覚えてるよ。帰国したと言ったって実家に二泊しただけなんだぞ」

「間《あいだ》の一日は何をしてたの？」

眉間に皺を寄せて思い出そうとしたダグラスだが、その顔は明らかに戸惑っていた。

「何って言っても……久しぶりに戻ったから近所に挨拶したり、昔の友だちを訪ねたり、それだけだ。安保局を刺激するようなことは何もしていないよ。立入禁止の場所に入ったわけでもないし、だいたいウピには国家の最高機密に関わる施設はない」

ルウも引き下がらなかった。

「それはダグラスにとっては何でもないことだった。記憶にも残らないくらい些細《ささい》なことだった。だけど、現実に安保局がダグラスのところまで来たんだから何かあったのは間違いないよ」

「本人が覚えてもいないことでこの血迷いぶりか？いかにも権力を握った人間のやりそうなことだ」

リィも皮肉に笑ったが、笑い事ではすまない。

現実に彼らはダグラスを殺そうとしているのだ。

ダグラス本人だけがその事実を知らなかったが、彼は彼で先日一時帰国した時に何か変わったことがあったか、真剣に思い出そうとしていた。

こんなごたごたはもうたくさんだった。

向こうが自分に何を求めているのかさえわかれば、さっさと差し出してしまえばいい。

そうすればすべて丸く収まるはずだとダグラスは信じていたのである。

だが、政府を揺るがす非常事態に関することなど、いくら考えても思い出せなかった。

7

サフノスク大学の東、歩いて十分ほどのところにボーフォート・ホテルがある。

マーロンの中でも歴史のあるホテルだ。

外観はその歴史にふさわしい古びた佇《たたず》まいだが、内部は大改装して近代的な設備を誇っている。

ビジネス街のただ中にありながら、閑静で上品な雰囲気が漂《ただよ》い、お値段も決して手頃とは言えないが、客足が絶えたことはない。

その五階の三部屋を先日からバトラー商会という会社が借りていた。しばらく商談に使いたいのだとホテル側には説明していた。

仕事の内容は貴金属の意匠《デザイン》と販売だという。

実際、客と思われる若い女性や男女が連れ立って訪ねてくることもあれば、会社の人間らしい中年の男が大事そうにアタッシェ・ケースを抱えてやって来ることもある。

バトラー商会の責任者はアレン・コール。

中肉中背、どこにでもあるような平凡な顔付きの、如才《じょさい》ない四十男だった。

コール氏はこの数日ずっとホテルで過ごしている。客室係や清掃員にも心付けを包むことを忘れないし、穏やかで練れた人柄《ひとがら》で、わがままを言ったり無茶な要求をしたりすることもない。

おかげで従業員の評判もすこぶる良く、短い間で上客の扱いを受けるようになっていた。

来客は多いが、氏は滅多に部屋から出ない。

今日もルーム・サービス係が昼食を運んでくると、コール氏は社員たちと何やら真剣に話し合っていた。

注文を受けたデザイン画を実際に商品にできるかどうか検討しているらしい。

その横には売りものの商品がずらりと並んでいる。

若い女性を客層にしているくらいだから、さほど高価なものではないにしても、充分に煌《きら》びやかだ。

コール氏は係を無視して相談を続けたりはせず、話を中断して係に心付けを渡した。

「ごくろうさま」

若い男のルーム・サービス係も、今ではすっかりコール氏と親しくなっていたので、眩《まぶ》しい貴金属に眼をやって微笑した。

「目の毒ですね。わたしでも欲しくなります」

「それなら恋人に一つどうかな？　お安くするよ」

「ありがとうございます」

ルーム・サービス係が笑顔で部屋を出ていくと、コール氏と社員たちの様子は一変した。

貴金属もデザイン画も脇に押しやられ、代わりにコール氏は大型の情報端末を取り出し、社員たちも本来の作業に取りかかった。

コールが真剣に見入っているその端末画面には、サフノスク大学の構内図が映し出されている。

校舎、図書館、体育館、劇場といった施設に加え、構内に点在する寮の位置も一目でわかる。

別の机では、受信機《レシーバー》をつけたコールの部下たちが送られてくる音声を録音している。

デルタ1《ワン》の失敗を受けてコールは方針を変えた。まずは情報収集に専念することにしたのだ。

今も学生を装った部下たちがサフノスクの学食に入り込み、身につけた通信機で学食の会話を拾ってこちらに伝えてきている。

デルタ1《ワン》の失敗は完全な誤算だった。

彼らは本来長期戦においてその真価を発揮《はっき》するが、今回は至急の任務ということもあって、デルタ1《ワン》はたった二日の準備期間で任務に取りかかった。

しかし、コールは彼女の能力を高く評価していた。準備期間の短さという負担《ハンデ》はあっても、彼女ならこの任務を難なくこなすはずと確信していた。

それが、仕掛けを見破られるという最悪の図式で失敗するとはまったくの予想外だった。

同時に痛手でもあった。
今回の標的は大学生である。
二十代半ば以上の駒を使うのは厳しい。
その点からもデルタ1《ワン》はまさに適任だったのだが、
一度失敗したら、その駒は同じ任務では使えない。
標的に顔を覚えられてしまう危険があるからだ。
「社長」
部下の一人がコールを呼んだ。
彼はここではあくまでバトラー商会の社長である。
コールは別の受信機を耳に当てた。
賑《にぎ》やかな喧噪《けんそう》が耳に飛び込んでくる。
大勢の学生たちの騒がしい声を意識的に排除して、
目当ての会話だけに集中しようとした。
学生と思われる複数の若い男の声、そしてなぜか
二種類の子どもの声が聞こえた。
その子どもたちがうらやましそうに言っている。
「じゃあ、週末は夜営《キャンプ》なんだ？　いいなあ」
「遊びに行くんじゃないんだぞ。これだって立派な
短期留学過程の一つなんだから」
「それなんだけど、一緒に行かない？」
妙に優しい男の声が言うと同時に、子どもたちが
嬉《うれ》しそうな歓声を上げた。
あんまりはしゃいでいるので聞きづらかったが、
若い男の声が呆《あき》れたように言うのは確かに聞こえた。
「車で簡単に行ける野営場とはわけが違うんだぞ。
それなら食料も燃料も好きなだけ持って行けるし、
現地でも調達できるけど、今回はそうはいかない。
食べ物も着換えも必要なものは全部自分で背負って
山の上まで登らなきゃならないんだ」
「わあ、すごいじゃないか。本格的だ」
「山小屋に泊まるんでしょう？」
「その山小屋にしたって、屋根があるだけで風呂も
何もないんだから、きついんじゃないか？」
また優しげな男の声が言う。
「大丈夫だよ。キャラウェイはそんなに高い山じゃ
ないし、一泊するだけなんだから。どうせならさ、

みんなでバーベキューもやらない？」

「おもしろそうですねえ！　ぜひやってみたいです。焚《た》き火《び》で肉や野菜を焼くんですよね？」

「じゃあ、週末はノックス湖でバーベキューにして、湖にはボートもあるし、釣りもできるはずだから、次の日の朝ご飯は自分たちで釣った魚にしよう」

　また子どもたちの歓声が上がった。

「釣りの道具はおれが持って行くよ」

「食材はわたしが担当します」

「重いぞ。大丈夫か？」

「平気ですよ」

　週末が待ちきれないとはしゃぐ声と、それで何も釣れなかったら朝ご飯抜きになると笑う声。

　ここで話し声が急に遠くなった。相手が椅子から立ち上がって動き始めたに違いなかった。

　コールは受信機を外して部下に問いかけた。

「ノックス湖というのは？」

「西に五十キロ。キャラウェイ山の山頂付近にある湖です」

　キャンパス周辺に広がる豊かな自然は連邦大学が大いに誇る売りものである。

　キャラウェイ山は標高千七百七十メートル。麓《ふもと》に管理事務所があるが、周辺に人家はない。特にノックス湖の周辺は手つかずの大自然だ。

　よくある野営場は——特に家族向けは、さっきの声が言うように設備が充実している。料理のための動力機が何台も音を立てて唸《うな》り、売店では食べ物や飲物が売られている。時には簡易シャワーまで用意されているところもある。

　今の四人が話していた夜営はこういう便利至極なそれとは明らかに一線を画している。

　三十分後、学食で音声を拾っていたガンマ6《シックス》とゼータ4《フォー》が部屋に戻ってきた。

　デルタ1《ワン》ほどではないが、この二人もまだ若く、髪型と服装次第では立派な学生に見える。

　二人が聞き取ったところによると、短期留学生は一度は夜営を体験する決まりになっているという。

これも短期留学の教育課程《カリキュラム》の一つだが、行き先も夜営の内容も生徒が自由に選べる。授業というより、生徒同士の交流や自立心を養うためのものらしい。

「ですから、この夜営も短期留学生だけで行くより、なるべくなら在校生と行くことを大学側は奨励《しょうれい》しているようです。同様に年少者の面倒を見ることも奨励しています」

「では、週末のノックス湖にはかなりの数の学生が押し寄せるのか？」

「いいえ、短期留学過程の夜営先にここを選ぶ学生はあまりいないそうです」

「なぜだ？」

「到着するまでの道が険《けわ》しいという理由のようです。それほど高い山ではないのですが、車の進入も制限されていますし、鋼索鉄道《ケーブルカー》もありません。どんなに順調にいっても山頂まで四時間は掛かるそうです」

往復で八時間。本格的な山岳部なら散歩のようなものだろうが、手軽に自然を楽しみたいだけの学生には厳しいのだ。

と言っても、高速バスならこの街から約一時間という立地である。登山者がいないわけがない。

「家族連れには向かないようですが、管理事務所に問い合わせたところ、この時期の週末なら大学生や若い登山客の姿が必ず見られるとのことです」

コールの眼が輝いた。

願ってもない好機《チャンス》だった。

「ノックス湖について可能な限りの情報を集めろ。キャラウェイ山もだ」

別の場所に待機していた部下たちが指示を受けて動き出した。

その部下たちはデルタ1《ワン》のような実行役とは違う。言うなれば裏方を担当しているが、一人の役者を活かすためにはその数倍の裏方が必要なのである。

部下たちは実際に山に登り、湖の周辺を歩き回り、山小屋に泊まって翌日戻ってきた。

キャラウェイ山には登山者の体力や目的に応じた登山道が複数あるという。

だが、ノックス湖へ行く道は一本しかない。

しかも山頂へ向かう登山道からは外れているので、人気のない静かな湖だという。

部下は撮影した写真を見せながら、往復の登山道、岸辺にもやってあった小舟の数、小屋《バンガロー》のつくりとその位置などを報告した。

併《あわ》せて、近隣の学校すべての管理部に不正接触を続けている部下が言った。

「週末にノックス湖への遠足や課外授業が組まれている学校は現時点では確認できません」

部下の前では顔に出さないように努めていたが、コールはほくそ笑む思いだった。

まさにうってつけだった。

特に湖にボートがあるというのがいい。

大量に飲酒し、酔って一人で夜の湖に漕ぎ出して転落する。酔っていたのでうまく泳げず溺死《できし》する。

すばらしい。

文句のつけようのない筋書きだった。

この週末といえば後三日である。

実行のめどがついたので、コールは密かに上司に連絡を入れた。

任務遂行《すいこう》まで後三日と聞いて、上司はしばし考え、重々しく確認してきた。

「その時間は必要なのか？」

「必要です」

即答して、コールは慎重につけ加えた。

「我々が手がけるからにはその死は変死であってはならないはずです」

実際、殺すだけなら簡単なのだ。

今回の標的には護衛がついているわけでもなく、難攻不落の要塞《ようさい》に閉じこもっているわけでもない。

銃で狙えば一瞬で片がつく。

だが、この星で学生が殺されたとなれば、それが短期留学生でも大騒ぎになるのは必至である。

喧嘩《けんか》のあげくの刺殺か撲殺《ぼくさつ》という線で片付けても、大学当局は決して生徒の死をなおざりにはしない。なぜそんなことになったのか、原因の徹底解明に乗り出すだろう。

もちろん、犯人は捕まらない。しかし、その死が異常なものとして人の記憶に残るようでは困るのだ。あくまで事故に——それもなるべくなら加害者の存在しない事故に見せかけねばならなかった。

そのために自分たちがいるのである。

誰の眼にも怪《あや》しまれない、疑われることのない、検死を通過《パス》する『きれいな死体』をつくるためにだ。

上司も頷《うなず》いて理解を示したが、続けてこう言った。

「先も言ったが、この任務は万全を期さねばならん。後方支援として不死鳥を待機させた。万一の場合は彼らが任務を引き継ぐことになる」

耳を疑ったコールだった。彼は今まで他の部隊と共同作戦を取ったことなど一度もない。

そもそも自分たちと不死鳥部隊とではあまりにも性格が違う。不死鳥が得意とするのはテロリストの本拠地の制圧や敵対国への侵攻作戦などのはずだ。どう考えても場違いである。

「戦争でも始める気ですか？」

「ことと次第によっては実際に戦争になるだろう。連邦が嗅《か》ぎ回っているという情報が入った」

「………」

「おまえたちは隠密部隊だ。連邦の諜報員の相手をするのは荷が重いはずだ。それ以上に標的を連邦に押さえられることは——それだけは断じて避けねばならんのだ。その事態を阻止するためならいかなる手段をも容認すると、委員会は先程決定を下した。とはいえ、連邦大学で不死鳥を解き放つのは極めて好ましくない。なるべくなら避けたい。だからこそおまえたちの手で必ず標的を仕留めるのだ。彼らに出番を回してはならん」

上司の口調は苦々しかった。

何があったか、だいたいの予測はつく。

あくまで秘密裏に処理すべきという上司に反対し、思い切った手段を投入すべきと主張する一派があり、その意見に抗しきれず押し切られたのだろう。

わかりやすい図式だ。コールの成功は上司の成功、コールの失敗は上司の失敗だ。コールが失敗すればこの上司も立場と面目を失い、失脚することになる。

翌日、その不死鳥の指揮官がコールの前に現れて自己紹介した。

「グスタフ・ドイル大佐だ」

コールは呆れて相手を見た。

大佐は貴金属を購入する客としてやって来たが、顔付きはあくまで厳《いか》めしく、表情は堅苦しく、筋骨隆々とした身体は異様に背筋が伸びて姿勢正しい。とどめに『豪傑』を絵に描いたようなその体軀《たいく》を明るい色のセーターとスラックスに包んでいる。

一般人を装ったつもりらしいが、似合わないことおびただしい。恐らく、こういう男の身体は軍服か戦闘服しか似合わないようにできているのだ。

「ミスタ・コール。今回の我々の任務は貴方の後方支援ということは理解している。しかし、こちらも部下を配置する都合があるのでな。ある程度の作戦内容は明かしてもらいたい」

「わたしからも一つ言いたい。今回の任務は断じて銃器や刃物による死体をつくるわけにはいかない。それは理解してもらっているのか？」

「わたしが受けた命令は少し違う」

大佐は冷徹に言い放った。

「最優先事項は貴方の任務完了を見とどけることだ。しかし、貴方の手に余るようなら、その時は我々が、我々のやり方で処理する――貴方の部下は既に一度、失敗したそうだな」

「失敗ではない」

やはりそう来るかと思いながら、コールは毅然《きぜん》と言い返した。

「我々の任務は怪しまれないことが最優先だ。一撃必殺の必要はない。むしろ危険を回避するためなら何度でも試して適切な状況が訪れるのを待つものだ。準備期間に一年掛けることもあるのだからな」

「しかし、今回はそうはいかない」

「わかっている。決行は土曜の夜を予定している」

「では、我々も現場に出よう」

　万が一の時はすぐさま任務を代わると言う大佐に、コールは疑わしげに問いかけた。

「作戦予定地は一般登山者が多数いる週末の山だぞ。大佐や大佐の部下はその彼らに怪しまれないように自然に振る舞えるのか？」

「無用の心配だ。ミスタ・コール」

　自信たっぷりに言う大佐の出で立ちは、品のいいホテルの従業員から奇異の眼で見られるほど激しく浮きまくっている。

　これでどうしてそこまで自信満々でいられるのか理解できなかったが、ドイル大佐は続けて言った。

「わたし個人の意見としては、今回の出動が無駄に終わることを願っている」

「それは我々もだ。ここまでご足労願った大佐には申し訳ないがな」

　二人とも自分の専門分野では第一人者を自負しているだけに、静かな火花が散っている。

　コールはドイル大佐を武力に訴えるしか能のない、事態を悪化させる戦争屋でしかないと思っていたし、大佐は大佐でコールのこともその部下たちのことも、ろくな戦闘技術も知識もない、うす汚いやり口しか能のないずぶの素人《しろうと》集団のくせにと蔑《さげす》んでいたので、なごやかに話し合いをするのがそもそも無理なのだ。

　冷ややかな口調で大佐は言った。

「我々は共和宇宙最強の部隊だ。命令は絶対だが、学生一人を相手になぜ我々の出動が必要だったのか、率直に言えば奇妙でならない」

　尻ぬぐいはまっぴらだと暗に言っているのだ。

　コールも皮肉に笑った。

「こちらも同様だ。我々は決して痕跡《こんせき》を残さない。事実これまでの任務で死因に不審を持たれたことは一度もない。その死が『殺人』でいいのであれば、我々が出張《でば》る必要はないはずだからな」

コールにも矜持《きょうじ》がある。

意に染まないものでも、これは自分に与えられた任務だ。それを途中で他の部隊に引き継がせるなど、誇りに掛けても許せるわけがない。

まして今回は、標的が自ら格好の舞台に出掛けてくれるというのだから断じて失敗できなかった。


アダム・ヴェラーレン情報局長官は今日も多くの仕事を抱えていた。

連邦情報局の最高司令官ともなると、その予定は分刻みであり、眼を通す報告書の量も半端ではない。

その中に一つ気になる報告があった。

ダルチェフの特殊部隊が連邦大学に向けて密かに出動した形跡があるというものだ。

ただし、現段階では確証はないという。

対外防諜局長のクーパーも確認を急がせていると言っただけだ。

彼の立場では到って正しい判断である。

その決断に異を唱えるのはおかしなことなので、ヴェラーレン長官は鷹揚《おうよう》に頷いて、引き続き経過を報告しろと言ったか、内心は違った。

今の長官は（部下の局長たちの前では絶対顔には出さないようにしていたが）連邦大学と聞くだけで震えが走る。

触らぬ神に祟《たた》りなしとは、昔の人はうまいことを言ったものだが、あれは神ではない。魔物である。

しかし、ダルチェフ側は無論、連邦大学が魔物の住みかと化したことは知らないはずだ。それなのに、あの学徒の星にいったい何の用があるというのか。

連邦情報局にとっても、ダルチェフは警戒すべき強国である。特に今は無視できない事情もある。

しかし、クーパーが首を捻《ひね》ったのも当然で、どう考えてもこの両者は結びつかないのである。

連邦情報局長官というヴェラーレンの立場では、

『大火傷《おおやけど》をしたくなかったらさっさと手を引け』と、ダルチェフに忠告してやるわけにはいかないのだが、実のところ心の底からそう言ってやりたかった。

「お客様がお見えです」

「ああ」

秘書に生返事を返して（来客は珍しくないので）自分の執務室に戻った長官は、ずざっと後ずさった。

回れ右して脱兎のごとく逃げ出さなかった自分を誉《ほ》めてやりたいと心底思った。

来客用の椅子に座ってにっこり笑っていたのは、たった今まで考えていた連邦大学の魔物である。

「――逃げないでよね。今日は折り入ってあなたの話を聞きに来たんだから」

先手を打たれてしまった長官は冷や汗が滲《にじ》むのを感じながら棒立ちに突っ立っていた。

長官の執務机は来客用の椅子の向こうにある。

そこまで行こうと思ったら、これの眼の前を通り過ぎなければならない。

たったそれだけのことでも、今の長官には銃口の前に身を晒《さら》すくらいの覚悟が必要だった。

「お茶くらい出してくれても罰は当たらないよ？」

連邦情報局長官にこんなずうずうしい物言いは、賭《か》けてもいいが連邦主席でもやらない。

長官は大きく息を吐き、忍の一字で後戻りすると、珈琲《コーヒー》を用意するようにと秘書に命じたのである。

（ついでにその珈琲に毒を入れてやれ……）。

自制心を発揮して口にはしなかったものの、半ば本気で思った長官だった。

努めてその姿を見ないようにしながら、どうにか自分の執務机にたどり着き、護身用にしまってある銃を机の陰でしっかと握った。

この相手には無駄だということはわかっているが、せめてもの気休めだった。

芳《かぐわ》しい香りとともに秘書が見事な銀製の茶器を乗せた銀の盆を捧げ持ってくる。

来客が誰だろうと見て見ぬふりをするのが立派な

秘書というものだが、この時の秘書は――四十代の女性だったが――この客が気になるようだった。

無理もなかった。どう見ても二十歳そこそこの、まるで学生のような身なりの若い男は情報局長官の執務室には極めて不似合いだったからだ。

もう一つ、決定的に奇妙なことがあった。

この執務室は奥に長官の執務机があり、その前に応接用の長椅子と机がある。来客がある時は当然、長官は客と向き合って座るはずだ。

それなのに今の長官は、まるでそれが自分を守る防波堤とでもいうように執務机の奥に構えている。

訝《いぶか》しみながらも来客の前に珈琲と菓子を置くと、その客はにっこり笑って言った。

「ありがとう」

花のような笑顔だった。

この秘書は洒落《しゃれ》っ気とは縁のない、実務一辺倒の堅い女性だったが、思わず微笑《ほほえ》み返していた。

長官の前にも珈琲を置き、一礼して退出する。

初対面の秘書が好感を抱いたのとは逆に、こんな客には一刻も早く帰ってもらいたい長官は、気力を総動員して『何の用だ?』と訊《き》こうとしたが、その前に連邦大学の悪魔は言った。

「どういうことなのか説明して」

恐ろしく抽象的な質問だが、長官は低く唸った。

この相手がこのタイミングで会いに来るからには他には考えられない。無論それは最高機密であって部外者に口外は許されないのだが、致し方ない。

長官は自分を奮《ふる》い立たせるために珈琲を飲み干し、おもむろに口を開いた。

「ダルチェフには以前から、よからぬ噂《うわさ》があるのだ。――二重スパイの育成に関して」

「どこでもやってることでしょ? もちろん連邦も例外じゃない」

「そうだ。だが、ダルチェフのやり方は少し違う」

二重スパイの育成法の一つはこちらから送り込む。もう一つは相手の弱みを握ってこちらに取り込む。

中には稀《まれ》な例外として、相手のほうから自発的に協力したいと申し出てくることもある。

「ところが、ダルチェフの手段はそのどれでもない。いくら調べても痕跡がないのだ」

悪魔が黒い頭を傾《かし》げるのが見えた。

「話の最初をそこまで省略されても困るんだけど、具体的には？」

「――我々がそれに気づいたきっかけは連邦職員の一人がダルチェフに移住したことだ。亡命ではない。完全に本人の意思による移住だったが、その移住があまりにも唐突《とうとつ》だったことが問題視されたのだ」

長官は決して客と視線を合わせようとしなかった。しかし、完全によそ見をするわけにもいかない。

銀製の茶器を扱う指がほっそりとしなやかなこと、なめらかな白い項《うなじ》にほつれた黒い髪が一筋かかっているところなどを見るともなしに視界に入れながら、独り言のように話を続けていた。

「彼はそれほど重要な役職にあったわけではないが、人物評価は優良、仕事熱心でもあった。これまでの勤務態度や思想傾向から判断すると、突然の退職も、ダルチェフへの移住も完全に予想外だった」

「その人の家族は？」

「彼は独身だ。両親も既に他界しているが、祖母や叔父など親類は健在だし、つきあいもあった。その親類も友人たちも誰一人として、彼がダルチェフに移住を考えていることを知らなかったという。彼はダルチェフに旅行したこともなければ、知り合いもいない。興味を持っていた様子もない。彼の口からダルチェフの名が出るのを聞いたこともないという。そんな人間がある日突然退職し、誰にも一言も相談せずに未知の国に移り住んだのだ」

「単なる気まぐれじゃないの？」

「そうかもしれん。問題は何が彼にその気まぐれを起こさせたかだ」

「本人に聞いてみれば？」

「それが不可能だからこそ問題視されたのだ。彼は移住して以来、杳《よう》として行方がしれない。心配した親族が連邦警察を通してダルチェフの警察に捜索を依頼したが、現在に至るまで行方不明だ」

「あれま……。それならその人は犯罪を犯したか、仕事か何かでとりかえしのつかない大失敗をやって知らない土地に逃げ出したのかもしれないよ」

「その可能性は真っ先に調べたが、何も出てこない。だからこそ問題なのだ」

「逃げる必要のない人がなぜ行方をくらましたのか、その理由を公費を使って大真面目に調べてるんだ？　何だか税金の無駄遣いみたいな気がするけど」

「安全には金がかかる。常識だ。彼は幸い、大した役職ではなかったが、要職にある人間が同じことをしでかしたらどうなる？」

黒い悪魔は含み笑いを洩《も》らした。

長官の懸念《けねん》を揶揄《やゆ》しているような笑いだった。

「そうなってから慌《あわ》てても手遅れだから今のうちに何とかしなきゃっていうわけだ。ご苦労さまだね。理屈はわかるけど、あなたたち連邦情報局としては、その人の心変わりは何が原因だと思ってるわけ？」

長官は、あくまで眼をそらしたまま言った。

「具体的な手段は不明だが、ダルチェフは極秘裏に彼を『洗脳』した疑いがあると思っている」

「——本気で言ってる？」

「もちろんだ」

そっぽを向いた状態で重々しく頷いてみせるのは実はかなりの至難の業である。

長官自身はその離れ業をやってのけたつもりだが、相手の視線が自分の顔に注がれているのがいやでも感じられて、冷や汗を掻《か》いていた。

「それ、確証は取れたの？」

「いいや。ダルチェフに潜入した諜報員からはまだ何も報告がない」

「その諜報員も既に洗脳されているとしたら？」

「人間の洗脳など簡単にはできん」

断言して、長官は今度は本当に独り言を呟《つぶや》いた。

「時間もかかる。専門の技術も必要とされる。だが、決定的な問題として洗脳された人間は言動に異常が現れる。本来持っていた人格を破壊してまったくの別人をつくりあげるのが洗脳という技術なのだから。それすらも考慮して、何喰わぬ顔をしてこれまでと同じように振る舞えと『再教育』されたとしても、親しい人間の眼を欺《あざむ》くのは難しい」

「賛成だね。それなのにどうしてダルチェフがその困難を可能にしたと思うの？」

「現時点では不明だ。だからこそ調査させている」

吐き捨てるように長官は言った。

「彼と同じように洗脳された者が連邦の内部にいる可能性が否定できない以上、放置することはできん。何としても特定して排除しなければならん」

「まあ、そりゃそうだろうね。いつ連邦を裏切って、ダルチェフへ逃げ込むかわからないんだから」

「我々もまさにその可能性を警戒している。問題の職員は手ぶらで移住したが、次の誰かは重要機密を持って逃げるかもしれんのだからな」

「ああ、確かに。それはまずいよねえ」

どこまで本気かわからない口調で言って、客人は立ちあがった。

「どうもお邪魔しました。もう一つ、ダルチェフの特殊部隊が連邦大学に上陸した話は聞いてる？」

連邦情報局長官はますます頰《ほお》を引きつらせた。

「——それはまだ未確認情報だ。現在、確認作業にあたらせている」

「そうなんだ？　結果はいつ頃出るのかな」

思わず喘《あえ》いだ長官だった。

職業上、彼は人の言動の裏を読むのが癖《くせ》になってしまっている。今の言葉は『目障りだからさっさと引き上げさせろ』という強制に聞こえたのだ。

しかし、自分の職責上、そんな命令は出せない。

第一、現地に潜入中の末端の諜報員に、情報局の長官が直に指示を出せるはずもない。

彼らを動かすには彼らを指揮しているクーパーに

命令する必要があるが、そのクーパーを納得させるためには何と言えばいいのか……。

「そんな物騒な人たちがうろうろしてたら、勉強の邪魔になるからね。早く何とかしてほしいな」

長官は自分の読み違えを悟って、ほっとした。

今の言葉は『自分の前から早く消えろ』ではなく『早く解決しろ』という要請だったらしい。

「珈琲はあんまり好きじゃないんだ。また来るから、その時までにお茶を用意しといて」

悪魔がようやく出て行くと、長官は大きな安堵《あんど》の息を吐いた。

同時に青くなった。

この日、連邦情報局長官の秘書は上司から非常に奇妙な指示を受けた。

最優先と念を押されたその指示とは、入手可能な範囲においてもっとも上質な紅茶の茶葉をただちに購入せよというものだった。

かなり面食らいながらも秘書は頷いたが、彼女は如才ない人間だったので注意深く指摘した。

「長官。もしお客さまにお茶を淹《い》れてお出ししろとおっしゃるのでしたら、茶葉だけ用意しても意味がありません。茶器も必要です」

「なぜだ。道具ならそこに揃《そろ》っているだろう？」

「ここには珈琲用の道具しかありません。あれでは紅茶は淹れられません。紅茶を珈琲茶碗《ちゃわん》に注ぐのも作法《マナー》にかなっているとは言えませんから」

ヴェラーレン情報局長官は愕然《がくぜん》として眼を剝《む》いた。

「……珈琲と紅茶では茶碗が違うのか？」

男の人ってこれだから——と哀れみを感じながら秘書は答えた。

「はい。厳密に言えば違いますし、見る人が見れば一目でわかります」

こういうことに詳しい男性も無論いるだろうが、この上司は軍人出身だと聞いている。夜営訓練ならさんざんやっても、明らかに台所に入ったことなどないのだろう。この調子では珈琲と紅茶の淹れ方が違うことも知らないに違いない。

「では、急いで紅茶用の茶器一式を揃えろ」

「ご予算はどのくらいで？」

「そんなものはいくらかかってもかまわん。きみの知る限り最高級の製品を買ってこい」

この秘書は実は茶器にはちょっと詳しかった。

自分の知っている最高級の茶器といえば某窯元《ぼうかまもと》の骨董品《アンティーク》だ。透き通るような白肌に熟練の職人による淡い色合いの薔薇《ばら》が精密に、しかも華麗に咲き誇り、繊細《せんさい》を極めた金彩がその淡さを引き締めている。

うっとりするくらい素敵な品だが、お値段も実に素敵だった。ポットにクリーマー、シュガーポット、茶碗二客に盆を加えると、それだけで彼女の賞与《ボーナス》のなんと半分がなくなってしまう。

指をくわえて眺《なが》めるしかなかった美術品を公費で堂々と買えるとは嬉しい限りだと眼を輝かせながら、秘書は素知らぬ顔で頷いた。

「かしこまりました。ただちにご用意致します」


サフノスク大学は土曜日には授業がない。

ただし、学校の設備が必要な研究に携《たずさ》わっている学生は土曜でも自主的に登校してくる。

運動場でも試合が行われているので、まるっきり学生の姿がないということはないが、平日の活気に比べれば到って静かなものである。

ルウは構内の遊歩道につくられた長椅子に座って携帯端末で天気情報を調べていた。

長椅子のすぐ後ろには低い石垣があり、その上に豊かに枝を広げた木が立っていて、真下の長椅子はちょうど日陰になっている。眼の前には低木と芝生《しばふ》、草花の入り交じる美しい気色が広がっている。

時間ちょうどにディオンがやってきた。

今日この時間この場所で話がしたいからと言って呼び出しておいたのだ。

ただし、ダグラスの名前を使って——である。

当然、ダグラスと会うつもりでいたディオンは、そこにいたのがルウ一人だったので面食らっていた。

「——坊やはどうしたんだい?」

「今日はお休みだよ。土曜日だもん」

「嘘《うそ》だろ。俺は坊やに呼ばれてきたんだぜ?」

「呼んだのはぼく」

端末を閉じて、ルウはディオンに眼をやった。

「訊きたいことがあったからね。あなた、まだ何か話してないことがあるでしょう?」

やんわりと、しかし鋭く核心に迫る口調である。

ディオンは肩をすくめた。

「そういうことは坊や本人と話したいんだがな」

「無駄だよ。ダグラスはいくら考えても心当たりはないって言ってる。あれは嘘じゃない」

「ほんとか?」

「本当だよ。たぶんダグラスの感覚ではそのくらい些細《ささい》なことだったんだ」

二人の近くに人の気配はない。

手入れの行き届いた芝生が広がり、その向こうの運動場で試合に熱中している学生たちの掛け声が、風に乗ってかろうじて聞こえてくるだけだ。

ルウはまっすぐディオンを見つめて質問した。

「あなたはダグラスが何をやったと、ダルチェフが隠しておきたい『何』を知ったと思っているわけ? まずそこを確認しないと話が進まないんだ」

ディオンはしばらく考えていたが、長椅子の端に腰を下ろし、辺りを見渡して言った。

「いい環境だな。さすがに。自慢するだけのことはあるよ。俺みたいな部外者が簡単に入りこめるのは安全上、少々問題だと思うが……」

「塀《へい》があるわけじゃないからね。それは仕方がない。だけど、部外者は校舎にも寮にも入れない。それにもともとこの街には、用もないのに大学の構内まで乗り込んでくるような変な人はいないから」

「ほお、そりゃまた徹底してるもんだ」

男の揶揄にはかまわず、ルウは静かに続けた。

「それなのにダグラスをつけ狙う変な人がいるのは

あんまりありがたくないんだよ」

　ディオンはおもしろそうな眼でルウを見た。

「あんたはあの坊やとどういう関係なんだ？」

「強《し》いて言うなら無関係」

「おもしろい冗談だな」

「本当のことだよ。ほとんど初対面だもん。だけど、あそこまで聞いた以上、ダグラスに何かあったら、寝覚めが悪いでしょうが。だから話して。どうしてダグラスが特殊部隊なんかに狙われるの？」

「おいおい、勘弁《かんべん》して欲しいな。それは俺が摑《つか》んだとっておきの情報《ネタ》なんだぜ」

「前置きはいいから早く聞かせて」

　ルウは容赦《ようしゃ》なく催促《さいそく》した。

　ディオンはそれでも迷っていたが、話すとなるといきなり本題に入った。

「一般に強国と呼ばれる国は諜報機関を持っていて、他国に諜報員を送り込むのは知ってるか？」

　ルウはごく自然な驚きに眼を丸くした。

　ヴェラーレン長官が見たらまた『この悪魔！』と、『なんて白々しい！』と歯ぎしりしたに違いないが、誰が見ても『どうしてそんな話から入るのか？』と不思議そうな、かつ興味をそそられたような微笑を浮かべてルウは言った。

「映画ではよく見るけど、過去の遺物かと思ってた。そんなの」

「そうでもないのさ。古典的な手段には違いないが、どんな時でも人的手段は大いに有効だ」

「記者さんって、そういうことも調べるの？」

「俺は記事になりそうだと思ったらどんな材料《ネタ》にも食いつく質《たち》でね。それじゃあ、諜報員について少し基本的なお勉強をしようか」

　どこまで本気なのか図《はか》りかねる男である。

「映画に出てくる諜報員はスーパーヒーローだが、実際にはあんな諜報員はまずいない。いい諜報員の第一条件は地味で目立たないことさ」

「まあ、当然だろうね」

「次が祖国に対する忠誠心だ。簡単に寝返っちまうようじゃあ危なくて使えないからな」

「それも当たり前だね」

「最後に、諜報員にはいくつか種類がある。一つは人やものを相手にして情報を取る奴。代表的なのが色仕掛けだ。もう一つは対象国に潜入して何喰わぬ顔で働きながらこまめに情報を抜き取る奴だ」

「地味なわりに苦労の多そうなお仕事だね」

「そうさ。決して楽な仕事じゃない」

ディオンは真面目に頷いて、一転して悪戯《いたずら》っぽい眼を向けてきた。

「そこで問題だ。地味ながら忠誠心抜群の人間を、潜入先でそれなりに重要な位置に着かせるためには、どのくらいの年月がかかるでしょう?」

ルウは眉《まゆ》を寄せて考えた。

「……あんまりピンとこないけど、大変そうだね」

「そうとも。莫大《ばくだい》な予算と手間暇がかかる。どこの国もそれで頭が痛いのさ。——たとえば、マースとエストリアは昔から張り合ってるが、エストリアがマースで開発される新型探知機《レーダー》の性能を知りたいと思ったとする。そのためにある電子機器産業会社に技術者を送り込むとする。問題は、そいつが会社の中でどんな仕事を与えられるのか、エストリアには予測できないってことさ。目的とは全然別のお天気探知機《レーダー》の製造工程《ライン》に回されるかもしれない」

「それなら、最初から外れが出るのを計算に入れて、大勢送り込んだらいいんじゃない? 下手《へた》な鉄砲も数打てば当たるって言うくらいだから」

「さすがにそうばんばん打つわけにはいかないさ。専門技術を持つ諜報員を育てるだけでも大変なのに、外れるかもしれないとわかっているところに投入を続けるのは予算と人的資源の無駄遣いだ」

「言えてるね」

「そこでダルチェフはその無駄を省《はぶ》こうと考えた。送り込む諜報員がどの部署に回されるのか、どんな仕事を担当するのか、あらかじめ知っていればいい。

──具体的に言うと求める仕事に就いている人間をこちら側の諜報員と取り替えてしまえばいい」

　ルウは今度こそ眼をぱちくりさせた。

「……はい？」

「この場合、あんまり大物を狙うのは却《かえ》って危険だ。一番下っ端の記録係くらいがちょうどいい。それもなるべくなら独り者が望ましい。女房子どもの眼をごまかすのは難しいからな。次にその人間について徹底的に調べ上げる。生まれ、家族構成、卒業した学校、交友関係。そのためには家に忍び込んで昔のアルバムやら何やら残らず複写《コピー》して、盗聴と盗撮で個人の性格や癖なんかも徹底的に把握《はあく》する。それをその人物そっくりに整形させたこちら側の諜報員に一から教え込む。誰が見ても区別できないくらいになったら本人を密かに始末して、そっと入れ替わる。これで立派な情報源の出来上がりだ」

　ルウはまだ眼を丸くしていた。

「……正気でやってるの、それ？」

　ディオンは肩をすくめて苦笑している。

「はっきり言って前時代的な手さ。今時流行《はや》らない。未だに大真面目にやってるのはダルチェフくらいだ。一党独裁の社会主義国だからできることなのさ」

「だけど、待ってよ。顔はともかく個体情報は？照合装置にごまかしは聞かないはずだよ」

「だから下っ端を狙うんだ。照合装置に登録された個体情報をすり替えるにはそのほうが困難が少ない。そうやって下から手駒を確保していけば、最後には大物を狙うこともできる」

「研究開発班の大物ってこと？」

「いや、そうじゃない。たとえばだ。情報局長官をいきなりすり替えるのはどう考えても不可能だが、第三秘書をすり替え、次に第二秘書、第一秘書って具合にこっちの手駒を増やしていけば、長官本人をすり替えるのもそう難しい話じゃないってことさ。こいつはあくまでたとえ話だけどな。ダルチェフが今まですり替えた人間は決して少なくないはずだと俺は思ってる。そいつはマースにいるかもしれない、エストリアにいるかもしれない、もちろん連邦にもいるかもしれない」

「………」

「問題は誰が本物で誰が偽物なのか、どこを捜せばこの推測を裏付けるだけの証拠が見つけられるのか、皆目見当がつかないってことさ」

「ここまで話しておいて証拠がないの？」

「まさにその点で俺も頭が痛いのさ。証拠があればとっくに記事にしてるよ」

ルウは何とも言えない吐息を洩らした。

「──そんな理由で殺された人はもちろん一番気の毒だけど、入れ替わった人も可哀想だ。その人にもその人の生活があっただろうに、一生、別人として生きていかなきゃならないんでしょう？」

「ああ。ただ、人の心ってのはおもしろいもんでな。そうそう理屈や計算通りにはいかない。納得ずくで身代わりを引き受けたはずなのにどうしても故郷が忘れられなくて、厳しい処分は覚悟の上で本国《ダルチェフ》に戻った奴もいるんじゃないのかな」

実際にそんな例があることをルウは知っていた。

連邦情報局長官が突きとめられずに苛々《いらいら》していた職員移住の真実がこれだ。

「意外に現場にいる人のほうが詳しい情報を持っているもんだね」

「なに？」

「何でもない。ただの独り言」

ディオンも追求はせずに独り言のように続けた。

「ダルチェフがいつ、どこで、誰をすり替えたのか、一番いいのはその一覧表《リスト》を手に入れることなんだが、最高機密だからな。その辺に転がってるわけがない。ただし、この作業に関わった人間たちならその辺を大手を振って歩いてるはずなんだ」

「はず？」

ルウは男の言葉を聞き逃さなかった。

「それもわからないの。どこの部署が中心になってこの人間すり替えをやってるのかも？」

「だから苦労してるのさ。それがわかればそこから辿《たど》るんだが、防御《ガード》が固くてね」

男は両手を広げて大仰《おおぎょう》に肩をすくめて見せた。

「どこの国も外国人にはひどく素っ気ないもんだが、あの坊やはダルチェフ人だ。父親も地元では有名な政治家だからな。親父さんに連れられてベルーナに行ったこともあるんじゃないか？」

「ははあ、つまりあなたが怪しいと思っているのはウピではなくベルーナなんだ」

「あの国をちょっとでも知っていれば誰だってそう思うだろうよ。一都集中の典型的な例だ。地方には国策に関わる手段も権限もないんだぜ」

なだめすかすように言いながら、男の眼は笑っていなかった。

「坊やがそこで何を見聞きしたかはわからないが、気をつけたほうがいい。本当に命に関わるぞ」

「あなたはあくまでダグラスが『人間すり替え』の決定的な証拠になる情報を握ってると思うんだ？」

「そう考えるのが一番理にかなってるのさ。肝心《かんじん》の坊やが知らぬ存ぜぬなのは困ったもんだが……」

「本当、困ったもんだよ」

ルウは再び端末を操作して天気情報を見始めたが、眉をひそめて首を捻った。

「そういうことなら止めたほうがよかったかなあ？　ダグラスは今、山に登ってるんだ」

「学校行事かい？」

「まあね。行き先は自分で決めていいみたいだけど、短期留学生は一度は夜営をする決まりなんだって。ぼくも行きたかったんだけど課題が終わらなくて」

「夜には戻ってくるんだろう」

「ううん。山小屋に一泊する予定」

わずかにディオンの顔色が変わった。

その様子をルウは注意深く観察していた。

この男は本当に今日の登山を知らなかったらしい。

「同行者は何人いるんだ？」

「この間、一緒にいた子たちだよ」

「三人だけで？　山小屋に泊まるって？」

「うん。ダグラスにあの子たちの面倒を押し付ける格好になっちゃったから悪いことしたなあと思って。今も山の天気を見てたとこなんだ」

今夜は雨は降らないみたいだねと頷いて、ルウは気懸かりな顔で呟いた。

「ノックス湖は陽が沈むと真っ暗になるっていうし、辺りには人気もないんだから。これって別の意味でまずかったかもしれないね……」

ものすごーく心配そうな口調だったが、一人だけ残ったのはもちろんわざとである。

全員で山の上にいたのでは、下で何かあった時に対応できないからだ。

しかし、傍目《はため》にはそんな様子はかけらも見せない。

呑気《のんき》な性格ながら精一杯『失敗したなあ』という感情を表現すると同時に『まさか本当に殺されたりしないよね』という希望的観測を見事に装っている。

ヴェラーレン長官が見たら再び盛大に唸って頭を搔きむしったに違いない。

ディオンもさすがに真顔になっていた。

「そいつは狙ってくれって言ってるようなもんだぞ。今からでも下山するように連絡したほうがいい」

「無理。圏外だもん。つながらないよ」

少なくとも普通の通信はね――とルウは心の中でつけ加えた。

だが、特殊部隊が使うような高性能の無線機なら、山の中でも連絡を取るのに不自由はしない。

しかも相手は子どもを含めて三人だけでいる。

これだけお膳立《ぜんだ》てを整えてやったのだ。

狙ってくれなくてはこちらが困るのである。

しっかりやってよね――と、ルウは顔も知らない特殊部隊の皆さんに応援《エール》を送った。

8

今朝、まだ暗いうちに二人と合流したダグラスは、その格好を見て眼を剝《む》いた。

長袖《ながそで》の上着に長ズボン、運動靴《ぐつ》は当然としても、二人とも身体が埋まってしまいそうな大きな荷物を背負っていたからだ。

頂上で一泊するから日帰りより装備が増えるのは当たり前だが、こんな子どもたちがこんな大荷物を背負って頂上まで歩けるわけがない。

今からでも荷物を減らせとダグラスは主張したが、二人とも笑って取り合わなかった。

「大丈夫ですよ。迷惑は掛けませんから」

「これでも必要なものしか入ってないんだ」

先が思いやられると嘆息《たんそく》したダグラスだったが、意外にも少年たちの足取りは確かなものだった。

ダグラスもクロスカントリーの選手で、山野には慣れている。それでも重い荷物を背負って何時間も山道を行くのはまた別の体力を必要とするものだ。

ましてこの二人は自分より遥《はる》かに身体が小さい。


空の高さと澄んだ空気が清々しかった。

麓《ふもと》に立った段階でも既に圧倒されたが、実際に山道を登り始めると、次第に変化する景色とともに身体の芯まで緑に染め上げられていくようだった。

来てよかったと、ダグラスはあらためて思った。

ここへ来るまでは気が鬱《ふさ》いでいたが、山の空気は鬱屈《うっくつ》した気分などあっさり吹き飛ばしてしまう。

前を行く少年が振り返った。

「ちょっと休憩しようか？」

「そうだな」

足を止めると、冷たい風が汗を払ってくれる。

リィとシェラも水筒から水を飲み、汗をぬぐって景色を楽しんでいる。

ばてたらすぐに手を貸すつもりで、最初は二人の後ろからゆっくり歩いていったダグラスだったが、驚いたことに自分のほうが置いて行かれそうになり、慌《あわ》てて本来の歩調《ペース》に戻した。

登山の経験があるのかと訊《き》いてみると、二人とも首を振った。

「ただ山に登るっていうのはやったことがない」

「わたしもです」

それにしては慣れた様子である。

先頭を行くリィは五十分歩いたら十分休むという歩調をきっちり守っている。

休憩を取る時も水をがぶ飲みしたりはしないし、長く座り込むこともない。

週末の晴天とあって、山道では他の登山者の姿をずいぶん見かけた。独り歩きの人もいれば、大勢で頂上を目差しているグループもある。

彼らは分岐点でその流れと分かれて、湖への道を登り始めた。

こちらはまたひときわ道が険《けわ》しく、先を行く人の姿はほとんど見かけなくなったが、逆に向こうから戻ってくる登山者と頻繁《ひんぱん》にすれ違うようになった。

中年の夫婦などは、子ども二人に学生一人という彼らに興味を持ったのか、親しげに話しかけてきた。

「今から湖かい？」

「ええ。夜営するんです」

「あら、いいわねえ。今夜はきっと星がきれいよ」

「わたしらは先に湖を見て、これから頂上《ピーク》を踏んで下りるところなんだよ」

中年夫婦と別れて、分岐点から歩くこと約一時間、鬱蒼《うっそう》とした深い森が開けて美しい湖面が現れた。

眼の前に広がったその眺望に思わず歓声を上げて、ダグラスは言ったものだ。

「頂上を踏まなくても、この景色だけで、ここまで来た甲斐《かい》は充分あるな」

「同感です」

「きれいなところだ。——だからかな。結構、人がいるみたいだ」

リィが言うように湖の上にはボートも出ている。そろそろ昼時だったが、三人は昼食は後にして、急いで湖に出ることにした。

岸辺の山小屋はすぐに見つかった。

雨風をしのぐためのものらしく、鍵も掛からない。トイレも外にある。中は意外に広いところを見ると、緊急時の避難所を兼ねているようだった。

今のところ他の人の荷物は見あたらない。

釣り人は自分の荷物をボートに乗せているらしい。後から登山者がやってくることも考えられるので、小屋の隅に荷物をまとめて身軽になって外へ出た。

桟橋《さんばし》には小舟がもやってあったが、ボート小屋というものはない。それでも水がたまっていないのは管理事務所が定期的に手入れしているからだろう。虫を捕まえるという古典的な手段で餌《えさ》を集めると、三人は弁当を持って湖面へ漕《こ》ぎ出した。

リィが持参したのは竿に釣り針、錘《おもり》と、基本的な品がほとんどだが、一応巻取器《リール》も用意していた。

「陽が傾くまでに明日の朝食を確保しないと朝ご飯抜きになっちまう」

何よりその点が気になるらしく、真剣そのものの表情で言うリィに、シェラが笑って言い返した。

「心配しなくても、釣れなかった時のことも考えて食料はたくさん持ってきましたから」

「そうか。じゃあ、ひなたぼっこを楽しむつもりで気楽に行くか」

実際、陽光を浴びながら水の上を漂《ただよ》っているのはひどく気持ちがいいものだった。

ダグラスも頷《うなず》いた。

「そうだな。せっかくいい天気なんだ。——ルウも来られればよかったのにな」

この夜営に関しては、寮で親しくなった在校生と一緒に行く予定を以前から組んでいたのだが、その話を聞いたルウが反対したのである。

「また変な人たちが来るかもしれないよ」

というのがその理由だった。

「事情を知らない寮の人たちを巻きこむくらいなら、もともと巻きこまれてるぼくらと一緒に行こうよ」

という何とも奇妙な理屈に丸め込まれた格好で、ノックス湖行きが決まったのである。

そのくせ、言い出した本人は昨日の夜になって、

「ごめん、行けなくなった。あの子たちをお願い」

と断ってきたのだ。

さすがに呆《あき》れた。どうしろというのだと思ったが、今更中止にもできず、こうして出てきたのである。

ダグラスは釣りは初体験だったが、とにかく糸を垂らせばいいというリィの言葉に従って棹《さお》を握った。

小舟の上で弁当を食べ、持参したお茶を飲む。

実際、こうやって湖の上で釣り糸を垂れていると先日からの物騒な出来事が嘘《うそ》のようだった。

朝が早かったこともあって眠気が襲ってくるが、うとうとしながら時折はっと我に返って棹の状態を確かめるのも楽しかった。

釣れるか釣れないかは腕前の他にも運が重要だが、この日は幸い、運は彼らに味方してくれたらしい。

最初に釣り上げたのはリィだった。

大きさは二十センチくらい、銀色に光るきれいな魚である。

「何だろう。鱒《ます》の一種みたいだな」

ダグラスは釣り上げた魚の写真を撮ろうとしたが、リィのほうが速かった。

「魚の種類より問題はうまいかまずいかだ」

なんとこの少年はナイフを取り出して、ボートの上であっと言う間に魚を捌《さば》いてしまったのである。

「ヴィッキー！　遊びじゃないって言っただろう！後で報告《レポート》にまとめる必要があるんだぞ！」

「おれだって遊びのつもりはないよ。明日の朝食が掛かってるんだから」

腸《はらわた》は無造作に湖に捨てて、大胆にも身を一切れ口に放り込んで味を見ると、リィは顔を輝かせた。

「こいつはいける。焼けばもっとうまいはずだぞ」

言った傍《そば》から今度はダグラスの棹に掛かった。

シェラの棹にもだ。

後はもう大騒ぎだった。その後の一時間で彼らは実に四十二匹を吊《つ》り上げて意気揚々と陸に戻った。

無論ダグラスはこの釣果をしっかり写真に納めた。

これだけあると新鮮なうちに食べたくなる。

かといってシェラがここまで苦労して持ってきた肉料理の材料を明日の朝食にするのも気がひけたが、シェラは何でもないことのように言った。

「小さいお魚ですから、何匹かはお肉と一緒に今夜食べてしまいましょう」

「生魚を一晩置いたら味が落ちないか？」

「落ちませんよ。下ごしらえしておきますから」

そう言ってシェラが荷物の中から取り出したのは小さな容器に整頓された塩、胡椒《こしょう》、酢《ビネガー》、バター、白葡萄酒《しろぶどうしゅ》、檸檬《レモン》数個に加えて香草《ハーブ》数種類。

ダグラスのみならずリィも唖然《あぜん》とした。

「そんなものまで持ってきたのか？」

「ええ。白身のお魚が釣れたら必要になるだろうと思いまして。釣れなかったとしても肉の臭み取りに使えますから無駄にはなりません」

ダグラスが感心しきりの口調で言った。

「もしサフノスクに調理学っていう講義があったら、シェラは確実に修士号を取れるぞ」

「言えてる」

三人は張り切って焚《た》き火《び》の準備に取りかかった。

ダグラスは焚き火用の着火剤と固形燃料を持ってきていたが、リィがやめさせた。

「肉を美味《おい》しく焼ける木が周りにこれだけあるのに、味も素っ気もない固形燃料を使うことはないよ」

キャラウェイは生木を折ることは禁じられている。

折ったところで生木を薪《まき》に使えるはずもない。

何より自然保護の観点からも安全面からも地面で火を燃やす直火《じかび》焚きが許されるとは思えなかったが、リィはあっさり言った。

「許可は取ってきた。それこそ設営から後始末まで詳しく報告するっていうのが条件だけど」

本当に自然保護を考えるなら自然に入らないのが一番いい。人間が山にも高原にも行かず、都会から一歩も出なければ済む話なのだ。

実際世の中がこれだけ便利になっているのだから、わざわざ山野へ出掛けて中途半端な野外学習をすることもないという意見もあるが、太古の人は自然の恵みに感謝し、その恵みを活用してきた。

その手段まで忘れてしまっては困るというのが、連邦大学の野外活動の趣旨である。

「許可って、ぼくの名前で取ったのか？」

「当然だろう。ダグラスの野外活動じゃないか」

胸を張って言われてダグラスは苦笑した。

「そう言われても、やったことがないんだ」

「ちょうどいい。教えてやるよ。自慢じゃないが、おれたちは遭難の熟練者《ベテラン》だからな」

「何だって？」

「無人惑星でしばらく暮らしたことがあるんだよ。二十日くらいかな？」

「その時は火をつける道具もなくて、リィが小枝を擦《す》って火を熾《おこ》してくれたんです」

「比べれば、これだけの道具が手元にあるんだから楽なもんだ。肉も最初から肉の形をしてるしな」

「えっ？」

「何しろその時は猪《いのしし》を殺して皮を剝《は》ぐところから始めなきゃならなかったからな」

「調味料も満足なものがなくて。苦労しました」

何ともはや、呆気《あっけ》にとられるしかない。

あの子たちを頼むとルウに言われたが、これではどっちが面倒を掛けているのかわからない。

さらにリィが大きな荷物の中から小型の鉈《なた》を取り出したのを見て、ダグラスは肝《きも》をつぶした。

「そんなものを持ってここまで登ってきたのか⁉」

「山に泊まるからさ。常識だろ？」

常識か？　それは果たして常識なのかと自問するダグラスと平然としているシェラを連れて、リィは森に入っていった。

　地面に落ちている枝や倒れている木を見つけては、これはよし、これはだめと篩《ふる》い分《わ》けて鉈を振るう。

　ダグラスにはさっぱり見わけがつかなかったので、半信半疑で尋ねてみた。

「その基準は？」

「こっちはまだ倒れたばかりで生木に近い。これは燃やしても煙が出るばっかりで薪には向かない木だ。これは勢いよく燃えるから焚きつけにはいいけど、あんまりぼうぼう火を燃やしても食べ物が黒こげになるだけだ。いい木は燃やすといい香りがするんだ。その香りが肉について肉も美味しくなる」

　そのくせ少年は正確な木の名称は知らないという。

　実際に手に持ち、木目を見て香りを嗅《か》いでみれば、木の性質がだいたいわかるというのだ。

　半ば呆れながらも観念してダグラスは言った。

「もしサフノスクにサバイバルの講義があったら」

「おれも修士号を取れるかな？」

「博士号を取れるぞ」

　陽が傾くにつれ、登山者の姿は減っていった。

　今夜ここで夜営するのはダグラスたちだけらしい。

　リィはその事実をことのほか喜んでいた。

「せっかく夜景と美味しい食事を楽しんでるのに、隣で酔っぱらって騒がれたら台無しだからな」

「中には煙や灰が飛んでくるから焚き火は迷惑だと言う人もいるようですしね」

「だけど焼きたての肉を食べることを考えたら断然直火のほうがうまい」

　食べることには積極的なリィも、火を使うことに関してはとことん慎重で用心深かった。絶対に火が飛び散らない場所を選び、ダグラスにも手伝わせて即席の竈《かまど》をつくった。

　シェラは料理の支度《したく》を進めていた。

　荷物の中から取り出したのは数種類の肉の塊《かたまり》、同じく野菜、果物、小さなまな板に包丁、大小の鍋、皿に食器、もちろん先の調味料もだ。これだけでも眼を疑ったが、最後に先の尖《とが》った長い金串が何本も登場するに到っては、ダグラスは再び肝をつぶした。

恐る恐る問いかけた。

「もしかして、それは……?」

「焚き火で焼き肉をするんですから串が必要です。常識でしょう?」

人は見かけではわからないとはよく言ったものだ。

見た目は金銀天使のようなこの少年たちの常識を大いに疑いながら、ダグラスは果敢《かかん》に指摘した。

「それなら網のほうが簡単なんじゃないか?」

「ええ。ですけど、自分で焼き加減を調節するならこっちのほうがおもしろいと思いまして。――リィ、お魚用の串をお願いします」

「今やってる」

小さな魚を通すには金串は太すぎて長すぎる。

リィはさっきのナイフを器用に使い、木を削《けず》って串をつくっているところだった。

もはや何も言うまいとダグラスは思った。


陽が暮れる前にリィは組み上げた薪に火をつけて、薪の太さや量を加減しながら巧みに火を調節した。

火が頃合いになると、シェラは肉や野菜を通して重くなった串を火に向けて立てかけた。

もちろん釣ったばかりの魚も同じようにする。

ダグラスもやってみたが、これが意外に難しく、なかなかちょうどいい具合に立てられない。

火に近すぎると表面だけが黒焦《くろこ》げになってしまい、離れていると生焼けで終わってしまう。

固形燃料なら好きなように火力を調節できるが、直火ではそうはいかない。

「難しいもんだな!」

ダグラスは悲鳴を上げたが、その難しさは何より楽しいものでもあった。

悪戦苦闘の末に香ばしい匂いが漂い始める。

何とか上手《うま》く焼けた時の感動はひとしおだった。

シェラが用意した食材はたっぷりあったし、魚も美味しかった。彼らは何本も地面に串を突き立てて、

食べ頃になると端から取り上げて皿に移した。

食事中は三人ともおしゃべりに興じていた。

釣ったばかりの焼いた魚はとびきり上手いだの、山の上で食べるとひと味違うだの、肉も野菜も重い思いをしてここまで持ってきた甲斐があっただの、話題と笑い声が絶えることはなかった。

だが、食事が終わる頃になると、彼らは焚き火を見つめて自然と黙りこんだ。

決して気まずい沈黙ではない。

シェラが鍋でお湯を沸かしてリィのためにお茶を、ダグラスには珈琲《コーヒー》を淹《い》れてくれる。

香り高い珈琲をしみじみと味わって、その言葉は無意識にダグラスの口から洩《も》れていた。

「一時帰国した時に、ぼくが何かしたっていうのは、ルウの思い過ごしじゃないのかな？」

少年たちの眼が揃《そろ》ってダグラスを見た。

しかし、二人とも何も言わない。

ダグラスも答えを期待したわけではなかった。

肩をすくめて投げやりに言った。

「いっそザック・ダグラスだと名乗って、安保局に何が目的なのかと訊きたいね。そうすれば何もかもはっきりする」

シェラが息を呑《の》んだ。

リィも何とも奇妙な顔になって、恐る恐る尋ねた。

「ダグラス。まさか……それを本当にやったんじゃないだろうな？」

「当たり前だろう。今のは冗談だ」

金髪の少年はまじまじとダグラスの顔を見た。

「ダグラスも冗談を言うんだ？」

「きみは人をなんだと思っているんだ？」

憮然《ぶぜん》と言い返したが、その顔には笑みがある。

考えてみれば、五つも年下の少年とこんなふうに打ち解けて話すのは初めてかもしれなかった。

聖トマスで言うなら最下級生の一年生だ。

ダグラスにとってそれは自分が保護すると同時に指導しなければならない相手である。

いつも自分のほうが上の視線だったが、この子の前ではそうはいかない。それが不思議と心地いい。

「思い出せないことなら今考えても仕方がないぞ。そのうち何かの拍子で、もしかしたらあれかなって思い当たるかもしれない」

「結局、なるようにしかならないってことか……」

「そういうこと。せっかくだから山と湖を楽しんだほうがいいと思うぞ」

「ああ。そうだな」

実際、岸辺の夜は素晴らしかった。

見上げれば星が輝き、焚き火は静かに音を立てて燃え続け、その炎が映った湖面も輝いている。

最高に贅沢《ぜいたく》な時間だった。

ダグラスが静寂を噛《か》みしめていると、どやどやと近づいてくる足音と話し声にその静寂が破られた。

「よかったあ！」

「火を焚いていてくれて助かったよ！」

予想外のことにダグラスは驚き、リィとシェラも腰を浮かせ掛けた。

声に続いて暗がりから現れたのは男二人女二人の四人組だった。

どの顔も若い。明らかに学生である。

ちゃんと登山者の格好だが、灯《あか》りも持たずに夜の山を歩き回っていたらしい。

中背の細身の青年が登山帽を手に持ち、控えめにダグラスに話しかけてきた。

「道に迷ってどうしようかと思ってたところなんだ。座らせてもらっていいかな？」

「もちろん、どうぞ」

青年はほっとした様子で自分と仲間を紹介した。

「ぼくはランディ。チェルシーの教養大学院三年。みんな同じパッカード寮の仲間でニック、ステラ、ルーシーだ」

ニックは背が高くて、何となく間の抜けた印象を与える目鼻立ちに愛嬌《あいきょう》のある笑いを浮かべている。

「ほんとに参った。日帰りの予定だったから灯りも持ってなくてさ。きみたちは命の恩人だよ！」

「大きな声を出さないでよ、ニック。この子たちがびっくりしてるわ」

こんばんは、とリィとシェラに挨拶《あいさつ》したステラは丸顔の、のんびりした感じの女の子だった。

ルーシーは美人で、ちょっと取っつきにくそうな感じだったが、疲れていたせいもあったらしい。

「珈琲でよければ召し上がりますか？」

荷物を置いて座った四人にシェラが話しかけると、ルーシーが真っ先に微笑《ほほえ》んで礼を言った。

「ありがとう。嬉《うれ》しい」

ステラもおずおずと言ってきた。

「余分があるなら、あたしにもお願い」

「もちろん。すぐに支度しますからお湯が沸くまで少し待ってくださいね」

シェラは鍋に水を入れて焚き火に掛けた。

ダグラスが自分と少年たちを簡単に紹介すると、ニックが眼を輝かせて身を乗り出した。

「サフノスクのドレイク寮？　それじゃあ、ジム・カーティスの知り合い？」

「もちろん。よく知ってるよ。学部は違うけど」

「やっぱり！　俺この間ホッケーの試合でさあ！　いい勝負したんだよね！」

「ニック、おまえ、無駄に元気だよな」

ランディが呆れたように指摘すると、ルーシーとステラも口々に言った。

「だいたいこんなことになったのだって、ニックが調子に乗ったからじゃない」

「そうよ。こっちで間違いない！　なんてさ。あの自信はどこから来るのよ。少しは反省してよね」

「ええ!?　何なの、俺のせい？」

「誰が見てもおまえのせいでしょう」

と、ランディも容赦《ようしゃ》がない。

女の子たちもランディに賛同して、ダグラスたち三人に向かって説明した。

「あたしたち、先に頂上を踏んでそれからこっちに回るつもりだったのよ。そうしたらニックが普通に下るのはおもしろくないから近道しようって」

「近道どころじゃなかったよね。よくここまで辿《たど》りつけたものだと思うわ」

「それで迷った？」

リィが不思議そうに首を傾《かし》げた。

「地図は持ってなかったのか？」

「ちゃんと持ってきたよ。ただ、こいつと一緒だと意味がないんだよね。もう獣《けもの》と一緒でさ」

苦笑しながらニックを指したランディだった。

ステラとルーシーも頷いている。

「獣って言うより頭の悪い犬みたいよ。どこへでも見境なく飛び込んじゃうんだから」

「そりゃあ、あたしたちも近道はおもしろそうだと思ったのは否定しないけど」

「限度ってものがあるわよね」

シェラが気懸かりそうに問いかけた。

「それではずいぶん長いこと歩いたでしょう？」

ランディが首を振る。

「いや、そうでもない。出発したのが遅かったから。それでも日没までには帰れると思ってたんだけど」

「今日はそこの山小屋に泊まるしかないわよ」

「ほんと。誰かさんのせいでね」

ここまで盛大に非難しながらも、彼らの口調にはさほど棘《とげ》がない。当のニックも笑って手を振った。

「まあまあ、いいじゃん。遅くなったけど結果的に湖に着けたんだからさ」

「おまえが言うな！」

ランディが一喝《いっかつ》したが、ニックには確かにどこか憎めないところがある。女の子たちも彼のやることだから仕方がないと容認しているような感じだった。

そのニックは、自分が好敵手と認めている選手と同じ大学、同じ寮だと知って、すっかりダグラスに気を許してしまったらしい。

「ここんとこチェルシーはサフノスクに三連敗でさ。次こそ雪辱《せつじょく》してやるってあいつに言っといてよ」

すかさずランディがからかった。

「やられっぱなしなのはニックのほうだろう？」

「そうそう。せっかくみんなで応援に行ったのにね。——あなたたちは運動《スポーツ》は何をやってるの？」

少し唐突《とうとつ》にステラがリィとシェラに尋ねたのは、年下の少年たちが話から置き去りにされないように気を配ったのだろう。

「特別に運動はやってない」

「わたしもです。手作業のほうが楽しくて」

ニックが眼を剥いた。

「もったいない！　そんなの学校生活損してるぜ」

『なるべく多くの運動を体験する』というのは連邦大学の基本方針でもある。ニックはホッケーと水泳、ランディはポロとスカッシュとアクションロッド、女の子たちはバトミントンとアーチェリーに凝っているのだと熱く語った。

運動談義に花が咲いている間に鍋の湯が沸いた。

珈琲を淹れようとしたシェラだが、ランディたち四人は日帰りの予定だったのでコップを持ってきていないという。

「困った時はお互いさまだよ」

ダグラスは言って自分のコップを貸してやった。

もちろんリィとシェラも同じようにした。

それでもまだ一人分足りないが、ニックが潔《いさぎよ》く、自分は後でいいと言い出したので事なきを得た。

さらに女の子たちは自分たちの荷物から干葡萄やビスケットを取り出してみんなに配った。

「非常食よ。持ってきてよかった」

「それじゃあ、男子からも何か進呈しないと」

そう言ってランディが勝手にニックの荷物を取り、中から酒瓶を取り出した。

「ああ！　それは俺のお宝！」

「もともと湖に着いたら飲むはずだったんだろう。今がその時じゃないか」

「そうよ。文句言わないの」

ランディは口を切った酒瓶を真っ先にダグラスに差し出して笑顔で言った。

「焚き火と珈琲の礼代わりだ。先にやってよ」

　ダグラスは本来は高校生である。しかも下級生を監督する立場でもある。

　躊躇《ためら》ったが、横からリィが言った。

「もらっとけば？　山の上にいる時くらい監督生を忘れても風紀委員会は怒らないよ」

「変な理屈だな」

　しかし、リィは本当は自分が興味があったらしい。身を乗り出して酒瓶に手を伸ばそうとしたので、ランディは慌てて酒瓶を抱え込んだ。

「きみはだめだよ。いくら何でも法に触れる」

「味見くらいさせてくれてもいいのに」

「だめだめ。それは絶対だめ」

「じゃあ、匂いだけ」

　ランディがそれで妥協して酒瓶の口を向けると、鼻を近づけたリィは思いきり顔をしかめた。

「……ものすごくまずそうな臭いがする」

　チェルシーの大学生四人はいっせいに吹き出した。

　特にニックはからかうように言ったものだ。

「だからお子さまにはまだ早いんだって」

「くれるって言われてもいらない。まずそうだからダグラスにあげるよ」

　顔をしかめながらもリィの眼は笑っている。

　十八歳のダグラスにとっても、酒はまだうまいと感じられるものではない。

　ただ、味はともかくとしてそれを胃に流し込むと身体がほんのりと温まる感覚が気持ちよかった。

　瓶は中学生の二人を飛ばして次々に手渡された。

　ニックとランディも、女の子たちも少しずつ飲み、アルコールが入ったことでますます盛り上がった。

　チェルシーの四人は中学生の二人を仲間はずれにしたりはしなかった。いかにも連邦大学生らしく、年下の少年を気づかって何かと話題を振ってきた。

　焚き火を囲んだおしゃべりは楽しいものだったが、深夜を過ぎた頃、リィが大きな欠伸《あくび》をして手の甲で顔をこすった。

つられてシェラも小さな欠伸をする。

いくらか赤い顔になったルーシーが言った。

「二人とも眠いの？　ここで寝たら風邪《かぜ》引くわよ」

「小屋まで歩ける？　送っていこうか」

ステラが言って、まだしっかりした足取りで立ちあがったが、二人の少年はそれを断った。

「大丈夫だよ。すぐそこだもん」

「ほんとに平気？　真っ暗よ」

「道はわかってるから。ちゃんと歩けるよ」

「おやすみなさい。明日も早いですから、そちらもあまり呑みすぎないでくださいね」

「ああ。おやすみ」

ダグラスは答えた。話がおもしろくて、今はまだ引き上げたくなかったのである。

子どもたちがいなくなった後もおしゃべりは続き、やがてニックが立ち上がった。

「あー、俺ちょっとトイレ」

その足取りが何だかふらふらしているのを見て、ランディが笑ってからかった。

「トイレで寝るんじゃないぞ！」

女の子たちも「倒れても助けないわよ」「朝まで放っとくからね！」と笑って声を掛ける。

ダグラスも笑った。

勧められるまま結構飲んだので、ダグラスも頭の中がふわふわしているのを感じていた。

ニックは倒れたりせずにちゃんと戻ってきたが、その頃にはダグラスのほうが急に強い眠気を感じて、眼を開けていられない状態になっていた。

「あれ……？」

しかし、その眠気は酒のせいだけではなかった。

トイレに立ったニックがダグラスの後ろにそっと落としたもののせいだった。

大きめのカプセルのように見えるそれは揮発性の麻酔薬だった。効果は割った地点を中心とする至近距離に限られるが、もともと酔っていたダグラスの身体には見事に効いた。自分でも意識しないうちにダグラスは姿勢を崩してどさりと地面に倒れ込み、その倒れ方とは裏腹に健やかな寝息を立て始めた。

ダグラスが意識を失ったのを合図に、ランディとニックがガンマ６《シックス》とゼータ４《フォー》に早変わりする。

賑《にぎ》やかなお調子者の表情をきれいにぬぐい去って、ゼータ４《フォー》はステラことシグマ７《セヴン》に短く命じた。

「子どもたちを」

シグマ７《セヴン》は頷き、服の中に隠していた超小型の懐中電灯と用意の薬を持って小屋に向かった。

山の夜は深く、火の側を離れると何も見えない。小さく舌打ちすると、シグマ７《セヴン》は足元を慎重に照らしながら小屋に向かった。

今まではほとんど都市部で任務を行っていたので、こんな山の中は歩き慣れていないのである。

そんな不自由な状態でも、山小屋は歩いてほんの二分ほどの距離だった。

外から見る限り、中で懐中電灯などを使っている様子はない。それでも油断せずに扉の前でしばらく耳をすませてみたが、話し声も聞こえない。

用心しながらシグマ７《セヴン》は山小屋の扉を開けた。暗闇《くらやみ》に灯りを向けてみると、小屋の片隅で小さな身体が二つ、毛布を被っているのが見えた。

シグマ７《セヴン》は足音を殺して二人の傍まで近づき、懐中電灯の灯りで少年たちの寝顔を見下ろした。

光を当てても眼を覚ます気配はない。

二人ともぐっすり眠っているようだが、子どもはどんな拍子で眼を覚まさないとも限らない。

この仕事は絶対に失敗は許されないと『社長』は繰り返し念を押したのだ。

麻酔薬を染みこませた布を広げると、まず金髪の少年の顔にそっと被せる。眠っている身体が何度か上下して充分に薬を吸い込んだのを見届けてから、銀髪の少年にも同じことをした。

これで少々のことでは起きないはずだった。

シグマ７《セヴン》が戻ってくると、ルーシーと名乗っていたラムダ５《ファイヴ》は後片づけの最中だった。

自分たちの使ったコップをきれいに洗って痕跡《こんせき》を消し、干葡萄とビスケットの包み紙は残しておく。犠牲者の胃の中からこの二つが発見されるからだ。

ガンマ６《シックス》とゼータ４《フォー》は意識を失った犠牲者を二人がかりで桟橋へ運んでいる。

男たちがひとまず犠牲者を岸に寝かせたところで、ラムダ５《ファイヴ》は犠牲者の上着を脱がせ始めた。

その行動の意味がシグマ７《セヴン》には理解できない。

「何してるの？」

「これは遺留品よ」

朝になって犠牲者の姿が見えなかったら、二人の少年はさぞかし慌てるだろう。

しかし、なるべく早く犠牲者の行き先に気づいてもらいたい。そのためには子どもでもわかるような手掛かりが必要だ。

一方ゼータ４《フォー》は犠牲者の靴を履《は》いて焚き火から桟橋まで歩き、いくつか目立つ足跡を残した。

これは少年たちの注意を促《うなが》すためのものではなく、警察に発見してもらうためのものだった。

あくまで犠牲者が自発的に湖に漕ぎ出したのだと、警察には判断してもらわなければならないのである。

犠牲者に元通り靴を履かせると、どの場所にどの程度の遺留品を残すのが最善かを入念に協議した。

本当は自分たちが目撃者になれば一番いいのだが、今回はそれはできない。

準備期間が足らず、連邦大学の学生という本物の身分を用意できなかったからだ。

事情聴取されたらすぐに偽学生とわかってしまう。

「もう一度靴を脱がせて桟橋に置いたら？」

「いいや、それはやりすぎだと思う。この犠牲者は泳ごうとしたんじゃないんだ。ボートで漕ぎ出して、ボートから転落して溺死《できし》するんだから」

「俺もゼータ４《フォー》に賛成だな。遺留品はボートに残すべきだ」

こんなふうにもたつくのは彼らには共同で作戦に当たった経験がないからだ。

　一応、彼らの中では一番経験の長いゼータ4《フォー》が指揮を執《と》ることになってはいるが、彼自身、指示を出すことに慣れていない。

　やがて何とか意見がまとまった。

　この犠牲者は夜半、一人で湖に漕ぎ出した。

　酔っていたので湖の上で暑さを感じて上着を脱ぎ、体勢を崩した拍子に転落して溺死した。

　明日の朝、少年たちが眼を覚ました時には湖面にボートが一艘《いっそう》浮いていて、その中に犠牲者の上着が残されていたということになる。

　そこまでやればあの少年たちはこちらの狙い通り、大急ぎで助けを求めに行ってくれるだろう。

　そして湖から遺体が引き上げられ、解剖の結果、飲酒していたこと、溺死したことが判明する。

　どこから見ても立派な事故死である。

　後はこの予定を確実なものにするため、犠牲者に間違いなく『溺死』してもらえばいい。

「どうする。ここでやるか？」

「いや、岸辺と湖の中心では水質や成分が違うかもしれない。本来の状態を変えるのは好ましくない」

　ゼータ4《フォー》はあくまで慎重だった。

　自分の死に方を決める議論が頭の上で大真面目に行われている間、地面に寝かされたダグラスは何も知らずに眠りこけていた。

　そのダグラスを、ゼータ4《フォー》とガンマ6《シックス》が再び担ぎ上げようとした時だ。

　闇の中から何かが空を切って飛んできた。

　命を奪うほどの威力はなかったが、それは小さく硬く、闇の中で正確に四人の急所を狙っていた。

　四人は何が起きたのかもわからなかった。

　自分を襲ったものの姿も、声も、気配すらも感じなかった。

　ある者は項《うなじ》に、ある者は鳩尾《みぞおち》に鋭い一撃を食らい、声も立てずに頽《くずお》れ、意識を失った。

9

眼が覚めた時、ちゃんと山小屋で寝ていた自分にダグラスはほっとして、同時に首を捻《ひね》った。

最後の記憶は確か焚《た》き火《び》の傍《そば》だったはずだ。

急に恐ろしく眠くなって、どうしても眼を開けていられなくなった。あんなことは初めてである。

うろ覚えだが、地面に横になったような気もする。

やはり慣れない酒のせいだろうかと唸《うな》っていると、リィが山小屋に入ってきた。

「やっと起きたな。遅いぞ。朝ご飯にしよう」

「すまない。今行く」

時計を見る限り、まだ陽が昇ったばかりなのだが、自分より先に起きていた人に『遅い』と言われては謝るしかない。

「あんまり呑《の》みすぎるから寝坊なんかするんだよ。まだ酒が残ってるんじゃないだろうな？」

「頭ならすっきりしてるよ。他のみんなは？」

リィは困惑した様子で肩をすくめた。

「それがいないんだよ。暗いうちに発《た》ったらしくて、荷物も全部なくなってる」

「ええ？」

「一言くらい挨拶《あいさつ》していってくれてもいいのにな。おれたちがぐっすり寝てたからわざわざ起こすのは悪いと思ったのかもしれないけど、ちょっと素っ気ないよ。結構仲良くなったつもりなのに」

まったく同感だった。

せめて伝言でも残していってくれればいいのにと不満に思ったものの、ダグラスはすぐにその考えを打ち消した。彼らには彼らの都合があるのだから、蔑《ないがし》ろにされたと不服に感じるのは間違っている。

外へ出ると、早朝の空気が身体の深いところまで染みわたるようだった。

顔を洗うために石清水の湧いている場所へ行くと、シェラが朝食用に水を汲《く》んでいた。

「おはようございます。すぐに朝ご飯ですよ」

今朝は昨日の魚を煮るという。

昨夜のうちに下ごしらえを済ませておいたので、魚が浸《つ》かる程度の水を鍋に張り、檸檬《レモン》の皮、バター、香草を乗せて蓋《ふた》をしてことこと煮る。

それだけのものだが、できあがった料理は昨日の焼き魚とはまた一味違う格別のうまさだった。

「シェラは本格的に料理を勉強するといい。きっと最高の料理人になれるぞ」

お世辞でなくダグラスは言った。

朝食が済むと、彼らは後片づけを済ませ、荷物をまとめて出発した。今から頂上に登って下山しても、昼過ぎには寮に戻ることができるだろう。

今日中に報告《レポート》に取りかかるつもりで、ダグラスは張り切って歩いていった。

ところが、まだ振り返れば湖が見える森の中で、若い男の二人連れが登ってくるのに出くわした。

麓《ふもと》からここまで登ってきたにしてはいくら何でも早すぎる。二人とも大きな荷物を背負っているので、恐らくはどこかで夜営していたのだろう。

二人はダグラスたちに手を振って、止まるように合図してきた。

近づいてみると、一人はよく陽に焼けた顔と白い歯の目立つ男で茶色の上着を着ている。

もう一人は緑のチェックの上着で、登山帽の下の顔は異様に白かったが、別に病気ではないらしい。

その色白のほうが厳しい顔でダグラスに言った。

「この先は通れないぞ。崖《がけ》崩れだ」

「なんですって？」

色の浅黒い男も憤慨《ふんがい》の口調で言ってくる。

「俺たちはそこの森の中で夜営してたんだ。さっき頂上へ向かおうとしたら道がなくなってるんだよ」

三人とも驚いた。自分の眼で状況を確かめるべく、二人と一緒に下ってみたが、見るなり絶句した。

昨日彼らが分岐点から湖まで登った時の登山道はほとんどが森の中だったが、一カ所だけ森を抜けて、眺望の開けている場所があった。岩肌の途中に道がつくられていて、来る時は右手に高い岩壁がそびえ立ち、左手は緩《ゆる》い崖になっていた。

いわば人工的な崖《がけ》っ縁《ぷち》だが、こういう道は山では珍しいものではない。

何より足元の山道は充分に広く、往復の登山者が余裕を持ってすれ違えるだけの幅があったし、崖といってもそれほど急な斜面ではない。

特に危ないとも感じない場所だった。

それが今は、巨大な隕石でも落下したかのように、広範囲に亘《わた》って岩壁がごっそり陥没している。

当然、道は丸ごと流されてしまっている。

彼らの眼の前にあるのはまさに断崖絶壁だった。

この向こうに下山経路《ルート》があるのはわかっていても、ダグラスは思わず唸った。

「……ここを行くのはとても無理だ」

リィとシェラは首を捻っている。

「昨日は雨が降ったわけでもないのに、なんだってこんなに崩れたんだ？」

「もともと地盤が緩かったんでしょうか？」

「地震なんかなかったよな？」

「あれば気がついたはずですよ。これほどの被害が出る地震ならなおさらです」

二人の男もあらためて感想を洩《も》らしている。

「俺たちも眼を疑ったよ」

「上のほうがまたいつ崩れるかわからないからな。これは、復旧までにはかなり時間が掛かるぞ」

帰り道をどうするかという現実に直面した三人は、迷わず荷物の中から地図を取り出した。

登山道はこれ一本ではない。多少遠回りになるが、復旧を待つより他の道を行ったほうが早いはずだ。

すると、二人の男が言った。

「よかったら俺たちと一緒に来るかい？」

「この山には何度も登ってるから道はわかるんでね。

今からそっちへ行こうと思っていたところなのさ」

「ありがたい。ぜひお願いします」

ダグラスが真っ先に答え、少年たちも頷《うなず》いた。

「じっとしているより歩いたほうがましだからな」

「賛成です」

色白の男は慎重な性分らしい。自分で言い出しておきながら心配そうな顔だった。

「子どもにはちょっときつい道かもしれないんだが、大丈夫かな？」

「この子たちなら心配いりません。ぼくはザック・ダグラス」

「ヴィッキー・ヴァレンタイン」

「シェラ・ファロットです。よろしく」

二人もそれぞれ名乗った。色白の男はヘクター・ファーガソン。浅黒い男はテッド・コナー。二人はマーロンから車で一時間ほどのヴェリタス市で働く会社員で、登山が趣味で、ここにもよく来るという。

二人は今から湖に戻り、その先の谷に一度下って沢を渡ると説明した。橋などはないが、岩を踏めば充分渡ることができる。その沢の先に旧《ふる》い道があり、そこを辿《たど》っていけば一般経路に出られるというのだ。

「ここから行くと大回りになるからな。相当時間は掛かるだろうが、それなら確実に下山できる」

コナーの説明にダグラスは納得して頷いた。

『道に迷ったら谷に下ってはならない』のは登山の常識だが、道を知っている二人が一緒なら心配ない。

頂上に登るのは諦《あきら》めなければならないが、それは仕方がない。肝心なのは今日中に下山することだ。

コナーが一同の先頭に立って歩き始めた。

シェラ、ダグラス、リィと続いてファーガソンが一番後ろである。熟練者が初心者と一緒に登る時はたいていこんなふうな隊列になる。

歩き始めた当初は、コナーは少年たちを気にしてしきりと後ろを振り返っていた。すぐにばてて、『疲れた』と音を上げるのではと案じていたらしい。

子どもにはきつい道だとファーガソンは言ったが、

ダグラスにとっても険《けわ》しい道だった。

湖を通りすぎた後は広葉樹の森に分け入り、木の根や瘤《こぶ》を乗り越えて歩かなくてはならなかったのだ。

最初の休憩を取る時にはダグラスは汗をぬぐって大きく深呼吸していた。

「すごいところですね！」

「一般登山者はまずこっちのほうには来ないけど、同じ経路を辿ってもつまらないからね」

「そうそう。人が行かない道を行きたくなるんだ」

コナーとファーガソンも額《ひたい》に汗を光らせているが、まるでこの状況を楽しんでいるようだった。

「あんな崖崩れは今までにもあったんですか？」

ダグラスの質問に二人とも即座に首を振った。

コナーが言う。

「一昨年かな、三日間ひどい土砂降りが続いた時も崩れたりしなかったぜ」

ファーガソンが真顔で呟《つぶや》いた。

「ひょっとして、本当に隕石が落下したのか？」

「ありえないぜ。連邦大学の航宙管制《こ　こ》がそんなもの見逃すか？」

「可能性は否定できないだろう。機械なら故障する確率、人間なら過失《ミス》を犯す確率はどう努力しようとゼロにはならないんだ。どんな小さな隕石も絶対に見逃がさないとは言い切れないはずだぞ」

「いいや、言い切れるって。ここは連邦お膝元《ひざもと》だぞ。隕石を含む外界からの攻撃を防ぐためにどのくらい予算と設備を使ってると思うんだよ」

ともすれば連邦大学《ティラ・ボーン》の防衛系統《セキュリティ》についての論争に発展しそうなので、リィがさりげなく割って入った。

「もし航宙管制が気づいていない隕石だとしたら、早く下山して教えてやる必要があるよ」

「まったくだ。こうなると携帯端末が通じないのがもどかしいな」

崖崩れの原因を推測しながら彼らは再び歩き始め、二度目の休憩を取る頃、かすかに水音が聞こえた。

「沢は近いぞ」

コナーが言って五分もしない頃だった。

魔法のように景色が変わった。

眼の前に渓谷《けいこく》が広がっている。

渓流の音がうるさいくらいに響いている。

ダグラスも少年たちも思わず歓声を上げた。

コナーの案内で三人はどんどん下っていったが、木の根や瘤に代わって今度は岩に足を取られる。

ダグラスは何度か体勢を崩して、その度に背後のリィが声を掛けてくれた。

「気をつけて」

最後尾のファーガソンは、少しも体勢を崩さないリィの足取りに感心していた。

「きみは相当山に慣れているらしいね」

ダグラスが言った。

「この子はサバイバルの達人なんです」

「だけど、この山に登るのは初めてだからな」

リィが謙虚に言うと、前方のシェラも同調した。

「本当に。わたしたちだけだったらどうしていいかわかりませんでしたから。道を知っている人がいてくれて助かりました」

「言えてる。実際にこの山を知っている人の意見に勝《まさ》るものはないもんな」

沢まで下ると、彼らはしばらく川を遡《さかのぼ》って進んだ。

足元が悪いのでなかなか思うようには進まないが、コナーが振り返って言った。

「無理をして途中で動けなくなるのが一番怖いんだ。今日中に下山すればいいくらいのつもりで行こう」

そうして三度目の休憩を取っていた時だった。

渓谷の空気を引き裂く女の悲鳴が聞こえた。

「誰か！　助けて！」

岩に座って休んでいた彼らは慌《あわ》てて立ち上がり、不自由な足場が許す限りの速さで声のしたほうへと駆けつけた。

水が流れ落ちる轟音《ごうおん》がひときわ大きくなる。

滝が現れた。大きな滝壺の傍で若い女がおろおろしながら立っていた。

駆けつけたコナーたちを見ると、半狂乱の様子で滝壺を指さした。

「友だちが！」

女が滝壺で溺《おぼ》れていた。

明らかに足がつかないのだろう。手を振り回して必死にもがいているが、もうほとんど沈みそうだ。

「頑張れ！　今助ける！」

コナーが荷物を捨てて果敢《かかん》に飛び込んだ。

ダグラスも反射的に後に続こうとしたが、リィがその腕を摑《つか》んで止めた。

「ヴィッキー！」

「こういう時に大勢で行くと二次災害になるんだぞ。任せたほうがいい」

この不吉な予言が的中してしまった。

勇ましく飛び込んでおきながら、コナーはあまり泳ぎが得意ではないらしい。

それでも何とか女性のところまで泳ぎ着いたが、必死の女性にすごい力でしがみつかれて、たちまち一緒に沈みそうになったのである。

川岸にいる女性が死に物狂いで訴えた。

「早く助けて！　お願い！」

ファーガソンはもともと白い顔をさらに白くして、絶望的な悲鳴を上げた。

「無理だ！　俺は——泳げないんだ……！」

もう黙って見ているわけにはいかない。

ダグラスは力任せにリィの手を振り解き、荷物を投げ捨てた。ところが、そのダグラスの顔にリィの上着が投げつけられた。

「二人溺れてるんだぞ。ダグラスが行ったら三人になるだけだ。動くな」

厳しい声で言いながらリィは靴《くつ》と服を脱ぎ捨てて、下着一枚の姿で滝壺に飛び込んだ。

五歳も年下の少年に動くなと言われておとなしくしているようでは男が廃《すた》る。ダグラスはかまわずに自分も飛び込もうとしたが、今度はシェラだった。

ダグラスの腕を摑み、意外なほど真剣な眼差しで訴えたのである。

「ここにいてください」

「そうはいかない！　ヴィッキー一人じゃ！」

「あの人なら大丈夫です」

しかし、相手は水の中だ。ましてコナーも女性も激しい恐慌状態に陥《おちい》っている。

こんな状態の人間二人を一人で助けるのは至難の業《わざ》だということくらい、ダグラスにもわかる。

リィはあっという間に二人のところまで泳ぎつき、まず二人を引き剝《は》がそうとした。

しかし、二人は少しもじっとしていない。まさに『溺れる者は藁《わら》をも摑む』で、今度は闇雲《やみくも》にリィに摑みかかったのである。

身体の小さなリィでは簡単に屈してしまいそうで、ダグラスがはらはらしていると、リィは二人の腕を振り払って、自分から水に潜った。

次の瞬間だった。かろうじて水面に顔が出ていたコナーと若い女性も急に水中に沈んだのである。

「ええ⁉」

ダグラスは焦《あせ》ってシェラを引き剝がそうとしたが、見た眼は可憐《かれん》な少女のようなこの少年も、頑としてダグラスを放そうとしない。

「大丈夫ですから。あの人に任せて」

息を呑んで滝壺を見つめた。恐ろしく長い時間が流れたように感じたが、実際は十秒かそこらだろう。

コナーと女性がぷかりと水面に浮かびあがった。

二人とも動かない。

続いてリィも浮上してきた。

女性の襟《えり》を摑んで岸まで引っぱって泳いでくると、茫然《ぼうぜん》と立ちつくしているファーガソンに意識のない女性の身体を引き渡した。

「人工呼吸を」

「あ、ああ……」

頷いたファーガソンが女性の蘇生《そせい》を試みる間に、リィは再び泳いで行き、コナーも引っ張ってきた。

こちらも完全に気を失っている。

びしょ濡《ぬ》れのコナーの身体を岸に引っ張り上げて、リィは両手で横隔膜を圧迫する蘇生法を施した。

それほど水を飲まなかったのか、コナーはすぐに息を吹き返して激しく咳《せ》き込んだのである。

ファーガソンの蘇生法も功を奏して、溺れていた女性も水を吐き出しながら息を吹き返した。

俯《うつぶ》せになって、ぜいぜい喘《あえ》いでいる女性の背中をさすりながらファーガソンは励《はげ》ましの声を掛けた。

「よーし、もう大丈夫、大丈夫だぞ」

一方、かろうじて自力で上体を起こしたコナーは友人に恨《うら》みがましい眼を向けたものだ。

「……この薄情者」

「言うなよ。俺が泳げないの知ってるだろう」

ファーガソンもさすがに気まずそうな顔だったが、あらためてリィを見て感心しきりの口調で言った。

「……それにしても驚いたよ。きみは水難救命士の資格を持っているのかい？」

ダグラスも少年の行為を心から賞賛した。

「すごいぞ！　ヴィッキー！」

友だちが助かったことで、泣き叫んでいた女性は虚脱状態に陥ったようだった。友だちの手を取って今度はすすり泣いていたが、涙に濡れた眼でリィを見上げて言った。

「あ、ありがとう……ほんとにありがとう」

溺れた女性も、まだぐったりと横になっていたが、うわごとのように『ありがとう……』と呟いた。

普通の少年なら大いに得意とするところだろうが、この少年が自分の英雄的行動を何とも思っていないことは明らかだった。ぐっしょり濡れた髪を両手で絞りながら、平然と声を掛けた。

「起きられる？　起きられるようなら身体を拭いて濡れた服を着替えたほうがいいよ」

山の空気は冷たい。このままでは風邪を引く。

濡れ鼠《ねずみ》になったコナーもぶるっと身体を震わせて、慌てて自分の荷物を取りに行った。

溺れた女性も友だちに手を貸してもらって何とか身体を起こすことができた。

「着換えとタオル持っててよかったね」

ここで男性陣は当然の礼儀として岩陰に下がった。

その岩陰でコナーも濡れた服を脱ぎ、乾いた布でごしごし身体を擦《こす》ったが、まだ震えている。

シェラが言った。

「火を熾《おこ》したほうがよさそうですね」

「じゃあ、薪《まき》を拾ってこよう」

ずぶ濡れになったのはリィも一緒だが、こちらは震えてなどいなかった。手早く身体を拭いて濡れた下着を履《は》き替え、さっさと服を着て靴を履いている。

髪だけはそうすぐには乾かないので、リィはまだ濡れたままの髪をほどいて流し、風に当てた。

そうすると、ますます少女めいた容貌《ようぼう》になる。

この少年にどうしてあれだけのことができるのか、ダグラスは不思議で、同時になぜか誇らしかった。

岩陰に荷物を置いて、リィとダグラス、シェラ、それにファーガソンも薪拾いを手伝った。

溺れかけたコナーはしばらく休憩である。

川岸のなるべく平らなところを捜して火を熾すと、彼らはそこで濡れた服を乾かし、暖を取った。

二人の女性たちも昨日からの夜営組で、もう一泊する予定だったという。

「だけど、クララがこんなことになったから夜営は中止して帰ります。」

そう言った女性はメイシー・エンプソン。

溺れかけた女性はクララ・アボット。

同じ学校の同級生だという。

メイシーはぽっちゃりした顔にぱっちりした眼が可愛い女の子だった。クララは浅黒い肌に黒い髪を極端に短く刈っていて、それがよく似合っている。

二人の雰囲気からしてリーダーシップを取るのはクララのほうだろうが、泳ぎだけは苦手らしい。

まだ青い顔をしているクララをメイシーが何かと気づかっていた。

「食べられるようなら何か温かいもの食べたほうがいいよ。今スープつくるからね」
時刻はとうに昼を回っている。ちょうどいいので、
一同もここで食事にすることにした。
メイシーはダグラスたちにも野菜スープとパン、
それにチーズをご馳走《ちそう》してくれた。
男たちも喜んでサラミを提供し、シェラは珈琲《コーヒー》と
果物を用意して、なかなか豪華な昼食になった。
火が燃え尽きる頃には濡れた服もだいたい乾き、
クララの顔にも血の気が戻ってきた。
食事を済ませた一同は再び出発することにした。
メイシーとクララも一緒に行くと言ったが、最初、
コナーとファーガソンはこれに難色を示した。
「無茶だよ。麓までかなり歩くんだぞ」
登山は立派な運動《スポーツ》――それもかなり厳しい運動だ。
体調が悪い時に行っていいものではない。
溺れそうになった女性にこの先の経路はきついと
コナーは言ったが、クララは気丈だった。

「あたしなら大丈夫。歩けます。コナーさんだって
溺れかけたんだから条件は一緒でしょう」
ファーガソンも心配そうに言う。
「いや、こいつはほとんど水も飲んでなかったし、
無茶はしないほうがいい。俺たちが下山したらすぐ
人を寄越すように言うから」
「そんなの時間の無駄だわ。一緒に行きます」
メイシーもクララに味方した。
「救助がいつ来るかわからないでしょう。あたしも
早くクララをお医者さんに見せたいの。水の事故に
あったんだから大丈夫そうに見えても油断しないで
病院に行ったほうがいいと思う」
そのために事故に遭《あ》った本人が山歩きをするのは
矛盾《むじゅん》した話だが、クララとメイシーの決意は固く、
最後には男たちも折れた。
「じゃあ、ゆっくり歩くから、きつかったらすぐに
言ってくれ」
七人に増えた一行は、用心しながら滝の脇の沢を

登っていった。

幸い、それほど急な岩場ではなかったが、周囲は木が密集していてまったく見通しがきかない。

キャラウェイ山に登るのが初めてのダグラスにはどこを歩いているのか見当もつかなかった。

コナーが先導してくれなかったら、今頃は途方に暮れて立ちつくしていただろう。

心配していたクララもちゃんとついてきているが、やはり本調子ではないらしい。息を荒くしていたが、自分で言ったように弱音は吐かない。

一行はそんなクララを気づかって、まめに休みを取りながらも着実に歩き続けた。

やがて樹林帯を抜けて峠に出た。

足元は相変わらず険しかったが、見晴らしがよくなっただけでもだいぶ違う。

ダグラスはほっと息を吐いたし、先頭のコナーも後続を励ますように明るい声で言った。

「もう一息だ。ここを超えれば山道に出られるぞ」

だが、峠を越えようとした七人は、そこでまたも異変に出くわすはめになった。

悲鳴が聞こえたのだ。男のものと女のものとだ。

何事かと思って行ってみると、若い男女が三人、崖から身を乗り出して下を覗《のぞ》き込んでいる。

そこはほとんど垂直に切り立った崖で、迂闊《うかつ》には身を乗り出せない高さがあるというのにだ。

「どうした？」

コナーが声を掛けると、一人の女が悲鳴とともに下を指さした。

「あれを見て！」

おっかなびっくり覗き込んでみると、崖の途中に木が生えていた。既に立ち枯れた木のようだった。

その木の枝に人間が引っかかっている。

俯せになっているので顔は見えないが、体つきと服装からして男のようだった。

足元は吸い込まれるような深い谷底だ。

その上空に、男の身体は枯れ木一本に支えられて、放り出されている。

なお悪いことに、それはあまり太い木ではない。

「知り合いか⁉」

コナーの問いは愚問だった。三人とも蒼白《そうはく》な顔で震えながら食い入るように下を見つめているからだ。

二十代の男が一人、女が二人だが、装備を見ても明らかに山には慣れていない様子だった。女二人は化粧までしている。仲間がこんなことになっても、どうしたらいいかわからないらしい。

リィが冷静に呟いた。

「……今日は厄日かな？」

この緊迫《きんぱく》した状況で何を言うのかと思ったものの、ダグラスもまったく同感だった。崖崩れに始まって、滝壺ではクララが溺れて、今度は転落した男が崖の途中に取り残されている。

男の命は風前の灯火《ともしび》だった。それはダグラスにもいやというほどわかった。少しでも均衡《バランス》を崩したら、あの木が男の体重を支えきれずに折れたら、崖下に真っ逆さまだ。

ファーガソンが呻《うめ》いた。

「よくまあ運良く木に引っかかったもんだ」

コナーも顔色を変えている。

「この高さを落ちたんだ。早く助けないと」

「簡単に言うなよ。あの木まで十メートルはある。しかも相手は意識を失ってるんだぞ」

ここから見る限りでも男が引っかかった木は細く、自分たちの体重まで支えられるとは思えない。

なお悪いことに、ここは正真正銘の絶壁だった。それどころか、男が引っかかっている木の根本が上からは見えない。つまり彼らの足元の岩壁は張り出した形になっているのだ。

そこまで指摘した上で、ファーガソンはコナーと一緒に救助方法を検討し始めた。

二人はロープを持ってきている。細いが丈夫なもので、長さも充分足りる。ただし、身体を確保したりつないだりする道具も、崖を下るのに必要な下降器も持っていない。

　積雪期でもないキャラウェイ山に、そんなものは必要ないからである。

　ロープだけでは行動の自由はかなり制限されるが、登山歴のある二人ならこの崖を下りることはできる。

　しかし、どんな技術にも言えることだが、熟練の度合いという厳しい現実があるのだ。

　ファーガソンは、自分たちの技術ではこの状況の救助活動はかなり困難だと正直に言った。

「下降器がない状態で、自分の身体を確保しながら彼を確保しないといけない。しかも足場の使えない空中でだぞ。本職の救助隊ならともかく、俺たちにそんな真似ができるか?」

「だからって何もしないわけにはいかないだろう。少なくとも近くまで下りることならできる」

「その先はどうする? この高さじゃとても下には下ろせない。引き上げるしかない。登高機《とうこうき》もなしで人間一人をどうやって担いで登る? それも相手を無事に背負えればの話だぞ」

「確かに、結構な腕力勝負になるな……」

　今や三人の男女は救世主を見るような眼で二人のやりとりを見守っていた。

「た、助けられるの?」

「お願い! ケインを助けて!」

「俺たちだって助けたいが、安請け合いはできない。ケインがどんな状態かもわからないんだ」

　口にすることは注意深く避けたファーガソンだが、彼が生きているとは限らない。もしかしたら落下の衝撃で既に息絶えている可能性もある。

「まずそれを確かめよう。下りてみようぜ」

　コナーはどんな時でも行動してみる性分らしい。

　二人は崖の上の岩にしっかりロープの端を結び、足の下を通して肩に引っかけ、さらに後ろに回して左手で握った。

「……下降器なしの懸垂《けんすい》下降とはね」

　ぼやきながらも、少しずつロープをずらしながら二人は崖を下りていった。

上に残った顔ぶれが固唾《かたず》を呑んで見つめていると、二人は何とか木の傍まで行きついた。

やはり途中の崖がかなりせり出しているようで、二人とも足が空中に浮いたままだ。片手を伸ばしてケインの身体に触れることもできたが、それ以上は何もできなかったらしい。

いったん諦めてロープを登り始めた。

下りの倍以上の時間を掛けて戻ってきた二人は、少し息を荒くしながらケインがまだ生きていること、目立った外傷はないが意識がないことを話した。

「まずいのはあの枯れ木が思ったよりずっと細くて脆《もろ》そうなことなんだ。いつまで保つか……」

「こっちは何しろ両手が使えない。焦《じ》れったいよ」

片手はどうしても、自分の身体を支えるロープを握っていなければならない。さもないとこちらまで崖下に転落だ。

女性の一人が青い顔で言った。

「だったらロープをあなたたちの腰に結んだら？　そうすれば両手が使えるじゃない」

「いや、それだと距離が調節できない」

「みんなでロープを持って支えたらどう？」

「だめだ。危険すぎる。一人が体勢を崩したら全員巻きこまれるぞ」

ああでもない、こうでもないと議論は続いたが、その間にも時間はどんどん過ぎていく。

ついにファーガソンがダグラスを見て言った。

「ダグラス。手伝ってくれないか。みんなで行けば何とかなるかもしれない」

「えっ？」

眼を丸くしたダグラスに、ファーガソンは淡々と状況を説明した。

残念だが、あの状態のケインを担いで登ることは自分たちにはできそうにない。

残るは荒っぽい手段になるが、ケインにロープを結び付けて引っ張り上げるしかない。だが、それをするにはどうしてももう一人手が必要だ。

「俺たちが二人できみを支える。そうすればきみは両手が使える。難しいだろうが、ケインにロープを結んで確保してくれないか？　もちろん、やり方は教える。きみ自身にも命綱を結んで下りてもらう」

ファーガソンは熱心に訴えたが、あくまで公平につけ加えることは忘れなかった。

「俺たちは全力できみを補佐《サポート》するが、危険な役目だ。――それでも、他に方法はないと思う」

コナーも頷くと、崖の上でへたり込んでいる男に苦い眼を向けた。

「本当はこっちの彼氏に頼むべきなんだがな」

ケインの友人の男は真っ青になって震えている。もともと内向的な、おどおどした青年に見えたが、今は腰が立たない様子だった。

「ぼ、ぼく、高所恐怖症なんです……！」

よくまあそれで山に登ったりするものだが、崖や鎖場《くさりば》のない初心者向けの山道を登っている限りは、それほど恐怖心は刺激されないのかもしれない。

ファーガソンはダグラスを見つめて言った。

「どうだろう。やってくれるか？」

「もちろんです」

人の命がかかっているのだ。それも眼の前でだ。自分が役に立つなら喜んで手伝おうと思ったが、軽やかな声がその覇気に水を差した。

「そんなに大勢で行くことはないよ」

リィだった。

全員が呆気《あっけ》にとられる中、リィはコナーが結んだロープをほどいて巻き取り始めた。

「何をするんだ⁉」

「あの人の胴体《どうたい》にこのロープの端を結んで、反対の端を持って戻ればいいんだろう？　おれが行くよ」

眼を剝《む》いたダグラスだった。

ダグラスだけではない。全員の眼がリィを見た。

この子は正気だろうかとその眼が語っていた。

大人二人がどうすることもできずに引き返すしか

なかったのだ。その一部始終を見ていたはずなのに、こんな子どもに何ができるというのだ。

シェラもさすがに心配そうな顔である。

「気をつけてくださいね」

そうじゃないだろう！　とダグラスは思った。

どう考えてもここはリィを止める場面のはずだ。

クララとメイシーはその思いを率直に口にした。

「無理よ！　こんな小さな子が！」

「危ないわ！　やめて！」

ファーガソンも血相を変えている。

「そうとも！　やめなさい！　きみはさっき溺れたクララとコナーを救助したばかりじゃないか！」

疲れているだろうと言いたいのだろうが、リィは今はすっかり乾いた髪を再び邪魔にならないように束ねると、真面目な顔でファーガソンを見た。

「おれは体重が軽い分、大人よりすばしこく動ける。試しにやらせてくれてもいいだろう」

「だめだ！」

コナーもとんでもないとばかりに制止したが、少年は腕ずくでロープを取り上げようとしたが、少年はそれを許さなかった。強い口調で言い返した。

「揉《も》めている場合じゃないだろう。早く行かないと、本当に谷底に真っ逆さまだぞ」

「だめだと言っただろう！　危険すぎる！」

クララがきっとなってダグラスを見た。

「あなた、子どもにそんなことをさせていいの！」

「よくはない——と思います」

生真面目に答えたダグラスだった。

クララとメイシー、それに名前を知らない二人の女性の視線が容赦《ようしゃ》なくダグラスに突き刺さる。

女性にこんな軽蔑《けいべつ》と嫌悪の眼差しで見られるのは、男として非常に情けないものがある。

止めるべきなのはわかっているが、できかねた。

見た眼は天使でも、この美少年はやろうと思えば、こちらがたじろぐほど勇ましい気配を纏《まと》える。

今もそうだった。

その眼と向き合っているだけで息が苦しくなるが、ダグラスは一応、言ってみた。

「ヴィッキー……これは遊びじゃないんだぞ」

「当たり前だ。遊びでこんなところには下りないよ。だけど人命救助なら話は別だ」

「そのことだ。きみは本当に……」

リィは笑ってファーガソンを示した。

「この人は『助けられる自信はないけど、みんなで行けば何とかなるかもしれない』と言った。おれは一人で助けられると思うから行くと言ってるんだ。この場合、適任なのはどっちだ？」

ダグラスは頭を抱えたくなった。

問題の次元が違う。

フォンダム寮長のハンス・スタンセンが聞いたら重々しく頷いて「その気持ちは実によくわかる」とダグラスに同意を示してくれただろう。

巻き取ったロープを肩に引っかけた少年の背中にダグラスは思わず叫んだ。

「ヴィッキー！　一つだけ約束してくれ。危ないと思ったらすぐに引き返すって！」

「ああ」

軍手をはめた手でファーガソンが結んだロープの手応えを確かめると、リィはあっさりと崖下に身を躍らせたのである。

女性たちがいっせいに悲鳴を上げた。

コナーとファーガソンも驚愕《きょうがく》の声を発して崖から身を乗りだした。

本当にやるとは思わなかったのだ。

「引き上げよう！」

「ああ！」

二人はリィがぶら下がったロープに駆け寄ったが、その前にシェラが立ちはだかった。

「余計な手出しはしないでください」

口調は穏やかだが、大の男二人を前にして一歩も引かない。ダグラスもシェラに味方した。

「そうです。あの子の身体能力は相当なものです。

できないことをできると言い張るような子でもない。

——様子を見ましょう」

半ば自分自身に言い聞かせるような口調だった。

ダグラスも他の人たちもロープ一本で崖を下りる小さな身体を食い入るように見つめていた。

リィは器用にロープを操って、みるみるケインの傍までたどり着いた。

さっきのコナーやファーガソンと同じように足が宙に浮いている。

何を思ったのか、リィはその状態で身体を前後に揺らし始めた。まるで遊んでいるように見えたが、次の瞬間、その姿が消えた。

ロープだけがぶらんと垂れ下がっている。

「落ちた！」

誰かが叫んだが、ダグラスは声も出なかった。

血が凍った。心臓も止まったような気がしたが、リィは落ちたのではなかった。

反動を利用して、崖の上からは死角の、枯れ木の根本に飛び移ったのである。

上にいたダグラスにはその様子は見えなかったが、崖下に落下していく身体も見えなかった。

その事実を懸命《けんめい》に自分に言い聞かせて、手に汗を握っていると、岩陰から少年が出てきた。枯れ木の上に立って、ケインの上にかがみ込んでいる。

ダグラスは思わず歓声を上げて、ファーガソンは顔色を変えて警告の叫びを発した。

「離れろ！　木が折れるぞ！」

その声が聞こえなかったはずはないのに、リィはてきぱきと作業を続けていた。

『空中に突き出ている枯れ木の上』だということを忘れそうになる。それほどあざやかな手際だった。

おまけに少年は命綱も結んでいない。下りる時に使ったロープは枯れ木の傍に垂れ下がったままだ。

見ているほうが緊張と恐怖で死にそうだったが、少年が立ちあがった時には作業が終わっていた。

男の身体にはしっかりとロープが結びつけられ、

反対の端は少年自身の腰に結ばれていたのである。

　確保を終えたリィは垂れ下がったロープを摑んで、どんどん崖を登ってきた。さすがに下りる時よりは時間がかかったが、頰《ほお》を紅潮させて、至って元気に崖の上に立った。

「ただいま。——はい」

　腰のロープをほどいてファーガソンに手渡したが、ファーガソンは絶句している。

　ダグラスは大きな安堵《あんど》の息を吐くと同時に、顔をしかめて文句を言った。

「脅《おど》かさないでくれ！　寿命が縮んだぞ！」

「おれはこの人たちよりずっと軽いから、枯れ木も持ちこたえてくれたんだよ。適任だって言ったのはそういう意味でもある。——早く引き上げたほうがいいんじゃないか？」

　男たちは慌ててロープを引っ張った。

　本来の救助法に比べると、ケインの身体は遥《はる》かに不安定な状態で確保されている。及ぼす影響が心配だったが、今はこうして引き上げるしかない。

　コナー、ファーガソン、ダグラス、さらには腰を抜かした高所恐怖症男も手を貸したので、ほどなくケインの身体を引き上げることができたのである。

　血の気を失ったケインの身体が地面に寝かされ、女性たちが小さな悲鳴を上げた。

　男性陣も息を吞んで状態を確かめようとしたが、意外にも高所恐怖症男がきっぱりと言った。

「任せてください。ぼくは医学大学院生です」

　おどおどした青年が急に頼もしく見える。

　緊張を隠せない様子で友人の診察を始めたものの、すぐにほっとした顔になった。

「——運がいいな！　脈も呼吸もしっかりしてるし、衝撃で気を失っているだけみたいだ」

　大声で何度も名前を呼び、身体を揺すってやると、ケインは呼びかけに答えてうっすらと眼を開けた。

「……フィル？」

「ぼくがわかるか？　心配したんだぞ！」

「ケイン！　よかった！」

「もうだめかと思ったんだから！」

二人の女性も泣き笑いの表情で口々に言ったが、
ケインはまだぼうっとしていた。

「……俺、崖から落ちて……」

「そうだよ。助かったんだ。——立てるか？」

フィルの手を借りて立ち上がろうとしたとたん、
ケインは悲鳴を上げた。

「足が折れてる！」

右足を抱えて蹲《うずくま》ってしまったが、フィルはその
足を慎重に診《み》て首を振った。

「折れてないよ。転落した時にくじいたんだろう」

応急処置として濡らした布を当てて冷やしてやり、
フィルは粘着テープで患部を固定してやった。

「歩ける？　ケイン」

女性たちが心配そうに訊《き》くと、ケインは脂汗《あぶらあせ》の
滲《にじ》む顔で首を振り、恨めしげにフィルを見た。

「ほんとに折れてないのか？　歩けそうにないぞ」

「当たり前だよ。かなりひどくくじいてるんだから。

帰ったら急いで病院で見てもらって」

コナーがやれやれと肩をすくめた。

「今日中に下山するのは諦めたほうがよさそうだな。

もうじき陽が暮れる」

救助作業に必死で気づかなかったが、辺りは既に
夕焼けに染まりつつある。

今から下山しても途中で陽が暮れてしまう。

コナーがそう言うと、女性二人は不安そうに顔を
見合わせた。

「あたしたち、日帰りのつもりで来たのよ……」

ファーガソンも首を振った。

「いや、怪我人《けがにん》を連れて夜道を行くのは無謀すぎる。

確かこの先に避難小屋があるんだ。そこまで行けば
通信機があるはずだから、連絡して助けを呼ぼう。

救助隊の輸送機なら夜でも飛べるはずだ」

それを聞いてメイシーが思い出したように言った。

「そうだよ。クララも病院に運んでもらいなよ」

「あたしは大丈夫。ここまで歩いてきたんだから」

ここでようやく彼らは互いに名乗り合った。

フィル・リプトンは医学大学院の四年、ケイン・ダンバーは法科大学院の四年生で、同じ寮だという。パティ・ベネターとオリーヴ・ハントも同じ寮で経営学の修士課程だそうだ。パティは金髪の小柄《こがら》な女性で、オリーヴは黒髪をまっすぐ垂らしている。

二人とも将来の実業家を目差しているのが頷ける、理知的で華やかな感じの美人だ。

彼ら四人はダグラスたちとは別の登山口から入り、ごく初心者向けのハイキング・コースを辿っていた。

少なくとも自分たちではそのつもりだった。

「たぶん、どこかで道標を見落としたんだと思う」

気がついたケインは消極的なフィルとは違って、思慮深いしっかりした青年に見えた。

おかしいと気づいて元の道に戻ろうとしたのだが、逆にこの峠に出てしまったのだと説明した。

「下に道が見えないかと思って崖に近寄ったんです。そうしたら急に足元が崩れて……本当にありがとうございました」

ケインは自分を助けてくれた（と思われる）成人男性二人――コナーとファーガソンに礼を言ったが、言われた二人は何とも複雑怪奇な顔でリィを見た。

「実際はこの子が助けてくれたようなものだよ」

命の恩人の意外な姿にケインは眼を丸くしたが、あらためて礼を言った。

足を挫《くじ》いたケインは男性陣が交代で運ぶことにし、一行は避難小屋を目差して再び出発した。

山の日没はあっと言う間だ。

稜線が黄昏に染まり、まだ青い空に星が一つ二つ輝き始め、緑の山が橙《だいだい》に淡く燃えたかと思うと、たちまち夕闇が迫ってきた。

残照が消えると山の夜は本当に真っ暗になる。

コナーとファーガソンはヘッドランプを装着して足元を照らし、一行はその灯《あか》りを頼りに歩き続けた。

怪我人と素人《しろうと》の女性二人を連れているのだ。

避難小屋までかなり時間がかかることを覚悟した
ダグラスだったが、幸い、峠を発って三十分ほどで
ファーガソンが安堵の声を発した。

「見えたぞ！　避難小屋だ」

みんなも同じようにほっと息を吐いた。

避難小屋と言っても粗末な丸太小屋ではない。

登山者が宿泊することを予定しているのだろう、
壁は石と漆喰《しっくい》でつくられ、頑丈な屋根が乗っている。

中も結構な広さがあった。

ちゃんと灯りもつくし、トイレも小屋の中にあり、
寝具はないが二段ベッド状の寝場所が並んでいる。

ところが、なぜか肝心《かんじん》の通信機がない。

前に何度かここに立ち寄ったことのあるコナーと
ファーガソンは首を捻っていた。

「変だな？　前は確かにあったんだが……」

「捜してみよう」

がらんとした小屋の中も、念のために外の水場も
捜してみたが、通信機は見つからない。

ファーガソンが気懸かりそうに言った。

「フィル。ケインの足は一晩くらいは大丈夫か？」

「ええ。今夜はかなり痛むでしょうけど」

「仕方ない。今晩はみんなでここに泊まろう」

不安そうな顔を見合わせた日帰り組に、コナーが
ことさら明るい口調で言った。

「そっちの彼女たちは寝具を持ってないんだろう。

男くさい寝袋でよければ進呈するよ」

シェラもにこやかに言い出した。

「それに、腹が減っては何とやらと言いますから、
そろそろ夕食にしましょうか」

「食べ物があるの？」

日帰りの予定だった四人は眼を輝かせた。

あんまり期待させては申し訳ないので、コナーは
苦笑混じりに言った。

「ほとんど非常食だけどな」

山に登る時は余分なものは持たないのが鉄則だ。

自分たちとダグラスたちは一泊の予定だったし、

二泊の予定を組んでいたメイシーとクララにしても、それほど余分を持っているはずがない。

　何しろ、今の彼らは総勢十一人である。

　メイシーとクララは夕食用の携帯食を差し出して、コナーとファーガソン、ダグラスとリィも非常食を提供した。チョコレート、剝き胡桃《くるみ》、キャラメル、ナッツ、保存の利く缶入りのビスケット（塩味）。

　避難小屋に泊まることを余儀なくされた現状ではまあまあの献立《こんだて》だったが、ここからが真打ちだった。

　シェラの荷物から魔法のように食べ物が出てきた。ベーコンの塊《かたまり》、ソーセージ、硬い黒パン、人参《にんじん》、玉葱《たまねぎ》、ジャガイモ、缶詰の玉蜀黍《とうもろこし》。塩胡椒に香辛料、洋芥子《マスタード》にピクルスまである。

　全員、呆気にとられて声も出なかった。

「きみはずっとこれを持って歩いていたのか⁉」

　悲鳴同然のダグラスの問いに、シェラはにっこり笑って答えた。

「はい。この人は何しろたくさん食べるんですよ。念のために多めに持ってきて正解でした」

　そのリィが深い吐息を洩らした。

「――念のためっていう次元を超えてるよ」

　コナーとファーガソン、クララとメイシーは鍋や食器を提供し、さっそくみんなで和気藹々《あいあい》と食事の支度《したく》に取りかかった。

　懐中電灯を持って、外の水場で水を汲んでいる時、リィが夜空を見上げて呟いた。

「雨が来るぞ」

　ぽつぽつと落ちる滴を感じてみんな急いで小屋に戻った。小雨はすぐに本格的な雨になり、たちまち激しい土砂降りになった。

　結果的に避難小屋に入ってよかったと思いながら、ダグラスはしみじみと呟いた。

「とんでもない一日だったな」

　だが、とんでもない一日はまだ終わったわけではなかったのである。

10

発信機の信号は先程から移動を止めている。

完全に動かなくなったわけではなく、同じ場所で細かい動きを繰り返している。

日没を迎えて避難小屋に入ったのは間違いないと判断し、ドイル大佐は無線機を取って言った。

「チーム3《スリー》、出動準備だ。他は待機しろ」

大佐がいるのは山中に設置した司令部だった。

行軍用の天幕に小枝や藪《やぶ》を張り付けて偽装《カムフラージュ》し、灯《あか》りも外に漏《も》れないように工夫してある。

大佐自身も部下たちも登山者の服装をしているが、登山帽の下には小型通信機を潜ませ、分厚い胸板を被うベストの下には二丁の銃を吊《つる》しており、他にも全身に武器を仕込んだ怪《あや》しげな登山者である。

今回の作戦に大佐が率いてきた部下は実に十五人。それに対して相手は丸腰の一般市民一人。役不足もいいところだ。

軍人である以上、命令拒否はできないが、いかに何でもこれでは部下の士気を損なう恐れがあると、一班《チーム》の五人だけで充分だと語気も荒く主張したが、この命令を下した参謀本部次官も苦い顔だった。

「今回の任務は蜃気楼《ミラージュ》が担当することに決定した。なんと言っても現場は連邦大学だ。形跡を残さないためにはそれが最善だと内務省は主張した。問題は蜃気楼は極端に慎重を重んずる傾向があることだ。現に任務遂行《すいこう》までの所要時間を尋ねると、内務省はとたんに回答を避けて今回は特に急がせると言うが、それを信じて安穏と構えてはいられんのだ」

「それで、我々に？」

「そうだ。しかし、内務省の言い分にも一理ある。連邦大学で騒ぎを起こすのはまずい」

それなのに自分の部下を三班も投入するのか？

大いなる矛盾《むじゅん》だが、大佐は黙っていた。

蜃気楼は誰にも疑われない自然死を演出できるが、そのためには相当の準備期間を必要とする。

自分たちは相手が誰でも瞬時に死体にできるが、それはどこから見ても殺されたことが明白な死だ。

双方ともに好ましくない。つまるところ理想は『迅速《じんそく》かつあくまで自然死に見えること』らしい。

無茶な注文である。

次官にもそれはわかっていた。

『迅速』と『自然死』の間で板挟みになっていたが、不死鳥《フェニックス》に後者を要求するのは賢明《けんめい》ではない。

出番が回って来たら、その時はいっさいを大佐の判断に任せると苦渋の表情で言ったものだ。

どうやらその時が来たようだった。

ドイル大佐はこの状況に満足していた。

今や標的は狩人に狙われた獲物も同然である。

部下を出動させればあっと言う間に片がつくが、それはあくまで彼らの失敗が前提条件だ。


この司令部にはコールもいた。

見るからに怪しげな大佐や大佐の部下と違って、さすがに山好きの中年男になりきっているが、その表情は恐ろしく厳しかった。

昨日送り込んだゼータ4《フォー》たちが連絡をよこさず、現在に至るまで音信不通なのである。

加えて発信機の信号は避難小屋を示している。

これはある意味、予定通りの展開であり、同時に決してあってはならない予想外の事態だった。

標的がここまでやって来る確率はゼロに等しいと、コールは確信していたからである。

険《けわ》しい表情の陰で、コールは冷静に状況の分析に努めていた。

デルタ1《ワン》の失敗に続き、ゼータ4《フォー》らの行方不明。

そしてここまで到達した標的。絶対にありえないことがなぜこうも立て続けに起きるのか。

部下たちの質が落ちたのかと真っ先に疑ったが、それは考えにくい要因だった。

今の構成員《メンバー》は歴代の顔ぶれの中でも特に優秀だと、コールは常々思っていたからだ。

残るは技能の高さ故に慢心し、その慢心が油断に繋《つな》がった可能性だが、これも納得がいかない。

雨が降り出した。

うるさいくらいに天幕を叩く音の中で、コールの部下が緊張の面持ちで振り返った。

「社長――」

待ち望んでいた連絡が来たのだ。

感情を殺した低い声が通信機から聞こえてきた。

「こちらベータ8《エイト》。応答願います」

相手は一瞬言葉に詰まって、呻《うめ》くように言った。

「状況を報告しろ」

「……事故は起きません」

「何だと⁉」

コールは思わず声を荒らげた。

部下の口からまさかこんな台詞《せりふ》が飛び出すとは、ありえないことがまた起きた。


「原因は何だ⁉」

「同行の少年です。完全に計算外です。あの少年が傍《そば》にいる限り、事故が起きる可能性は極めて低いと言わざるを得ません」

「記録によれば二人ともまだ十三歳のはずだぞ?」

「そうです。しかし、登攀《とうはん》技術もサバイバル能力も大人顔負けと言って差し支えありません」

淡々と話しているが、その声はひどく苦い。

「やるべきことはすべてやり尽くしました。指示を願います」

唸《うな》ったコールだが、答えなど決まっている。

時間が最優先だと上司が言う以上やむを得ない。

これまでの自分たちの方針を多少曲げるしかない。

「非常手段を許可する。朝までに済ませろ」

「了解」

このやり取りの一部始終は同じ天幕にいるドイル大佐に筒抜けである。共同作戦を取っている以上、仕方がないが、コールにしてみれば忌々《いまいま》しい限りだ。

最前線の指揮官らしく、大佐はそう簡単に感情を表に出すことはなかったが、コールの失敗に快感を味わっているのは間違いない。

「言うまでもないがな、ミスタ・コール。わたしの部下たちも事故死に見せかけることくらいできる」

「それは知らなかった。銃創や刺傷を必ず残すのが大佐のやり方だと思っていたが……」

「大変な誤解だ」

もっともらしく大佐は眼を見開いた。

「事故はどこでも起きるものだ。時に今回のように山の上にいる場合は、崖《がけ》から突き落とせば簡単ではないのかな」

「目撃者の眼の前でそれをやると？」

コールの口調は冷ややかだった。

「残念だが、大佐。わたしと大佐では任務に際して重んじる部分がまったく違う」

「言われるまでもない。ミスタ・コールが重んじる部分を軽んじているつもりもない。しかし、貴方のやり方では対処しきれない事例もあるということは理解していただきたいな」

二人の指揮官が火花を散らしていると、受信機を耳に当てていたコールの部下が振り返った。

「社長。第三者が入りました」

場所は雨の避難小屋だ。他の登山者が駆け込んで来ても少しもおかしくない。

大佐が言った。

「第三者がいたのではやりにくくないか？」

「そこが大佐と我々の違いだな。むしろ好都合だ。相手の身元次第では有力な目撃者にできる」

コールは音声を流すように部下に合図した。

荷物を下ろす物音、床を歩く登山靴《ぐつ》の音と一緒に、嬉《うれ》しそうな声が言うのが聞こえた。

「うわあ、いい匂い！　すっごいうまそう！」

「馬鹿！　よせよ、この人たちの食事だぞ」

「だってさあ、もう腹ぺこなんだよ。おまえだって腹減ってるだろう？」

どちらも若い。せいぜい十代の少年の声である。

「いやもう参った参った。すっかり迷っちゃって。雨には降られるし、灯りが見えてほっとしました。――ついでにあのう、晩御飯を少し分けてくれるとすっごくありがたいんだけど……だめですか?」

一応下手《したて》に出て遠慮がちに尋ねているが、実際は『お願い、食べさせて!』と言っているのも同然で、男女の楽しげな笑い声が聞こえた。

「だめだと言ったら恨《うら》まれそうだな」

「大勢のほうが楽しいもんね。もうじきできるから、一緒に食べましょう」

「この人たちにも分けていいでしょ、シェラ?」

「もちろんです。困った時はお互いさまですから」

「助かった! 恩に着るよ!」

年齢に似合わない丁寧《ていねい》な口調に、少年は大喜びで飛びついたが、ちょっと戸惑った声を出した。

「あれ? あんた、ひょっとして……男?」

「ひょっとしなくても男です。あいにくですが」

「うっわ! 何そのしゃべり方! たまげたなあ! じゃあ何、そっちの可愛子ちゃんもまさか男?」

「いい加減にしろよ。失礼だぞ」

もう一人が厳しく連れをたしなめ、年下の二人に向かって詫《わ》びた。

「礼儀を知らない奴ですまない。おまえもおまえだ。ご馳走《ちそう》になる前に濡《ぬ》れた服を脱ぐのが先だぞ。床を水浸《みずびた》しにするつもりか」

「言えてる。着替え持ってきて大正解だったよな。――濡れたものを乾かすところあります?」

「乾燥機はないけど、干して乾かせる場所があるよ。――その奥の寝場所の横だ」

「荷物もそこに置くといいよ」

「すいません。――あの、すぐに戻りますからご飯食べないで待っててくださいね」

「だから、もともと人の食事だと言ってるだろう。少しは遠慮しろ」

避難小屋には机と椅子が揃《そろ》った食堂はない。

察するに床の上で固形燃料を使い、その上に鍋を掛けて調理をしているのだろう。

当然、鍋を囲む人間は床に直に腰を下ろしている。

二人の少年は戻ってくると同じく床に座り込み、食事の支度《したく》をしながら互いの話に花が咲いた。

「あなたたち、高校生？」

「はあ。ハイキングのつもりで来たのにえらい目に遭《あ》っちゃって。陽は暮れるし、雨は降るし……」

「あのまま森の中で夜明かしをするのかと思ったら、本当にぞっとしましたよ」

「まだ名前聞いてなかったね。あたしはメイシー・エンプソン。こっちはクララ・アボット」

「俺はテッド・コナー」

「ヘクター・ファーガソンだ」

先に小屋にいた十一人がそれぞれ自己紹介すると、雨の中を飛び込んできた明るい声は言った。

「俺はレティシア・ファロット。レットでいいです。ログ・セールのチェーサー一年。こっちは同じ寮のヴァンツァー・ファロット。プライツィヒの一年」

軽い驚きの声が上がった。

「ファロットだって？」

「シェラと同じ名前だな——親戚か？」

「いいえ、まさか。初対面です。でも、同じ名前の人間が三人も揃うなんておもしろい偶然ですね」

「言えてる。わりと珍しい名前のはずなんだけどな。あんた、ひょっとして同郷？」

「どうでしょう？　わたしの出身は惑星ベルトラン、コーデリア・プレイス州ですけど……」

「じゃあ違うよな。遠い親戚かと思ったのに……」

首を捻《ひね》ってぶつぶつ言っている少年に、女の声が笑いながら訊《き》いた。

「あなたたちは兄弟なの？　それとも親戚？」

「いやあ、それもよく言われるんですけど」

「単なる偶然で、実はまったくの赤の他人です」

「そこまで力いっぱい否定しなくてもいいじゃん」

「おまえのような弟は頼まれてもいらん」

「ひでえなあ。こっちだっておまえみたいな兄貴はお断りだけどさ」

ここまでの会話を聞いたドイル大佐は短く部下に命じた。

「確認できるか？」

学生の個人情報は厳重な防犯体制《セキュリティ》に守られている。部外者は覗《のぞ》き見できないはずだが、不死鳥部隊はその難関を突破していた。

端末を操作した部下は学校名から生徒名簿を辿《たど》り、すぐに言った。

「レティシア・ファロット、チェーサー高校一年。ヴァンツァー・ファロット、プライツィヒ高校一年。二人ともエクサス寮生に間違いありません」

コールが満足げに頷《うなず》いた。

「ありがたい。歓迎すべき客だな」

同行の少年二人を目撃者にするつもりだったが、顔見知り以外の第三者の証言は貴重である。

大佐がわずかに皮肉を込めて言う。

「試みに尋ねたいが、あなたの部下は目撃者の前でどんな手段を使うのかな？」

「この犠牲者は心臓発作でこの世を去るだろう」

「ほう？　そういう便利なものがあるなら、もっと速く使えばよかったのではないか」

「現場が大学の構内なら常識的に考えて病死として処理されるが、山の上では最初から『事故』として扱われる。食事中に急死したとなればなおさらだ。山菜による食中毒も疑われる。調べられたところで我々の仕業《しわざ》が発覚することはないと自負しているが、山での事故はあくまで事故らしくあらねばならん。──非常手段としたのはそのためだ」

大佐は軽くため息を吐いた。そこまで手の込んだ真似をしなければならないのかという嘆息《たんそく》だった。

「──では、その心臓発作はいつ起きる？」

「食事中は論外だ。全員で同じ食べ物を分け合っているのだからな。この少年たちが自分は大丈夫かとパニックを起こすことも考慮しなければならない。

事態が動くのはこの後だ」

受信機からは若い男女十三人の何ともにぎやかな話し声が聞こえてくる。

コールも大佐も息をひそめて、このおしゃべりが悲鳴に変わるその時を待った。


肉と野菜を煮込んだシチューも、洋芥子《マスタード》をつけた焼きたてのソーセージも絶品だった。

「この黒パン、シチューにつけると美味《おい》しい！」

「ソーセージもあつあつだね！」

「ねえ、シェラ、このピクルスって自家製？」

「ええ。わたしが漬けたわけではありませんけど、近くの有機栽培専門店でつくっているんです」

「いいなあ。どこのお店？」

「この香草も変わってるよね。肉の味が全然違う。同じところで買ったの？」

シェラは主に女性たちと料理について盛り上がり、リィは男性陣と一緒にケインの足の具合と空模様を気にしている。雨の中を怪我人《けがにん》を背負って歩くのは重労働であるばかりでなく危険だからだ。

ダグラスは歳が近いせいもあって、主に雨の中を駆け込んできた二人と話していた。

レティシアは小柄《こがら》で細身、元気のいい少年だった。大きな眼はきらきら輝き、よく動く表情をしている。

ヴァンツァーはリィとは違う意味で大変な美貌《びぼう》の主だった。年齢の割に大人びた雰囲気でもある。

しかし、今は二人とも年相応の空腹を満たすのに夢中の様子だった。

何しろ十三人の大人数である。シェラが用意した大量の食料でも充分とは言えなかった。それ以上に、熱いものを食べるのに必要なスプーンやフォークが足らなかったので、二人で一つの食器を使った。

自分たちでつくった料理をそんなふうに山の上で食べるのは、窓の外が土砂降りでも楽しかった。

非常食の助けもあって、満腹とはいかないまでも全員だいたい空腹を満すことができた。

その頃には小屋の屋根を叩く雨もだいぶ穏やかなものに変わっていたので、ファーガソンとコナーはほっと胸を撫《な》で下ろしたのである。

「よかった。この分なら明日は晴れそうだな」

みんなも笑顔になった。雨の中を出発しなくてもいいとなれば、気分もぐっと違ってくる。

中でもレティシアは満足そうに言ったものだ。

「ほんと、生き返ったあ！　あとは珈琲《コーヒー》でもあれば言うことないけどな」

「あるよ、珈琲。本格的なのが」

メイシーが言って立ちあがる。

「うわ！　何か催促《さいそく》したみたいですいません」

「露骨《ろこつ》に催促しているだろう、おまえは」

慌《あわ》てて首をすくめたレティシアにヴァンツァーが容赦《ようしゃ》ない言葉を浴びせかける。

メイシーが取り出したのはインスタントではなく、一杯ずつ淹《い》れるドリップ式の珈琲だった。

「他に飲みたい人はいる？」

ダグラス、コナー、ファーガソンが手を挙げた。

お湯が沸く間に食べ終わった食器の後始末をする。

夜営組は水筒の水でペーパータオルを濡らして、食器をきれいに拭き取った。そのタオルももちろんゴミ袋に入れて持ち帰る。

雨宿りの高校生二人と日帰りの予定だった三人も後片づけを手伝ったが、医学生のフィルは夜営組の(ケインは怪我人なので最初から手伝いは除外だ)てきぱきした手つきに眼を丸くして見入っていた。

オリーヴとパティもしみじみ呟《つぶや》いている。

「山小屋に泊まるのって大変……。台所もお風呂もベッドもないなんて」

「食洗機もないんだもんね。仕方ないけど。小屋の外に水を汲《く》みに行くなんて知らなかった」

すると山小屋どころか天幕で二泊する予定だったクララとメイシーが笑って首を振った。

「水は貴重だもの。お風呂や食洗機なんて無理よ。しっかりした屋根と壁があるだけでも、山の上ではありがたいんだから」

「でもね、本当は天幕に寝るほうがずっと素敵なの。晴れていると星がすごいよ。降って来るみたいで」

男性二人もその意見に賛同した。

「天気のいい時に一度体験してみることを勧めるよ。人生観が変わるから」

「そうそう。自分の天幕から首を出して満天の星を見上げてさ。お湯が沸いたら熱い珈琲を淹れて飲む。こたえられないね」

そのお湯が沸いて、メイシーが手際よく人数分の珈琲を淹れてくれる。

インスタントとは違う香ばしい香りが小屋の中に広がった。

「ここは山小屋で、外はまだ雨だけど。今はこれで我慢してちょうだい」

「ありがとう」

ダグラスは礼を言ってコップを受けとった。

豊潤な香りが嬉しい。

口をつけようとしたが、できなかった。

細い手が伸びてきたかと思うと、有無を言わせずダグラスの手からコップを取り上げたからだ。

前にも確かこんなことがあった。

その時はシェラだったが、今度はリィだ。

驚いてその顔を見返した。何をするのかと表情で疑問を示すと、少年は微笑さえ浮かべて言った。

「これは没収」

「えっ？」

「これは毒入りだから」

「ヴィッキー？」

言葉の意味が理解できなかったとしても、それはダグラスのせいではない。

「急に何を言い出すんだ。——毒入り？」

「そうだよ。この珈琲には致死量の毒が入ってる。飲んだら本当に死んじゃうぞ」

「何を言ってるんだ？　どうしてメイシーがぼくに毒を飲ませたりなんか……」

「メイシーがじゃない。この人たちがだ」

　少年は笑みを消して、真面目な顔で言った。

「ダグラス。最後に避難してきた二人は違うけど、ここにいる人たちはみんな知り合いなんだよ。昨日、湖に来た四人もだ」

「はあ⁉」

　眼を剝《む》いたダグラスに、リィはゆっくりと言った。

「昨日の四人組もこの人たちも、ダグラスを狙って、ダグラスを殺すために故意に接近してきたんだよ」

　そんな馬鹿なことがあってたまるかとダグラスが否定するより先に、シェラがやんわりと言ったのだ。

「その前にも食堂の人がいましたね。あなたたちのお仲間でしょう？」

「ダグラスには言わなかったけど、本当はあの中に入ってたのも致死量の毒だったんだ」

　絶句したダグラス同様、事態が理解できていないレティシアが曖昧《あいまい》に笑ってリィに話しかけた。

「あのさ、これってやっぱりドラマの撮影？」

　リィは首を振った。

　気の毒そうな眼で相手を見る。

「全然関係ないのに巻き添えにして悪いと思うけど、事実だよ。この人たちには逆らわないほうがいい。ダグラスを狙っている殺し屋なんだ」

「いや、だから、この人たちってさ、俺たち以外の全員のこと言ってんの？　八人もいるんだけど」

「そうだよ。ここにいる八人、みんな殺し屋だ」

　みんなという部分を特に強調してリィは言った。

　床に足を崩して座ったリィの隣にダグラスがいる。シェラはその反対隣だ。三人の正面にレティシアとヴァンツァーがいて、残る八人はその間に四人ずつ分かれて座っている。

　リィは、自分たちを取り巻くように位置している八人をぐるりと見渡して冷ややかに言った。

「今日一日、おれは笑いを堪《こら》えるのに必死だった」

「…………」

「雨も降らなかったのに派手な崖崩れが起きるし、

どう見ても泳げる人が足がつったようでもないのに、急流に流されているわけでもないのに溺《おぼ》れている。十メートルの距離を落ちた人一人の体重を食らってあんな細い枯れ木がよく持ちこたえたと思ったら、根本も木の下側もジェルで補強してあった」

　レティシアがぽかんと言った。

「ジェル？」

「正式な名前はなんて言うのか知らないな。透明で目立たなくしてある。強力な接着剤か補強剤だ」

「…………」

「滝壺にダグラスが飛び込んだら、先に溺れていた二人がダグラスを引きずり込んで本当に溺れさせる。木に引っかかった人を助けようとして崖を下りたら、ダグラスの身体を支えていたロープが切れて谷底に真っ逆さまだ。――状況としてはよくできてるよ。そんな無謀をさせた大人の責任が問われるのは避けられないとしても、人命救助って大義名分があれば、ダグラスは悲劇の英雄だ。おれたちっていう立派な目撃者もいるわけだしな。事件は不幸な事故として処理されたはずだ」

　シェラが歌うような調子で言った。

「ところが、二度ともあなたが余計なことをした」

「仕方がない。予定変更だ。自分で崖を下りて木に引っかかったはずの人は足をくじいたと騒ぎ立て、みんなでここに泊まらざるを得ないように仕組んだ。次は何をする気かと思ったけど、毒物を出してくるところをみると、これで打ち止めらしいな」

　ダグラスはまだ茫然《ぼうぜん》としていた。

　声も出なかった。コナー、ファーガソン、クララ、メイシー、ケイン、フィル、パティ、オリーヴ。

　一人ずつの顔を見た。

　みんな黙っていた。

　ダグラスの口から無意識に言葉が洩《も》れた。

「嘘《うそ》だ、そんな……」

「嘘じゃない。少なくともこの人たちは、前もっておれたちのことを調べて近づいてきたんだ」

「そんなこと……どうしてわかる？」

「さっき、そこの彼氏が真っ先に言ったじゃないか。おれたちは本当に男かって」

リィの声は笑っている。

「認めるのは不本意だが、おれはな、初対面の人にそれを言われなかった覚えは一度もないぞ」

シェラも苦い顔で同意した。

「口にしないのは大人の礼儀とたしなみだとしても、表情にも出さない。経験から言わせてもらいますが、そんなことはまずありえません。もう一つ、これもその人が指摘したことですが、わたしの話し言葉を聞いて不思議そうな顔をしないのも変です」

「シェラにとってはこれが普通だけど、とても中学一年生の口調じゃない。それなのに、昨日の四人も今日会ったこの人たちも誰一人として言わなかった。なぜだと思う？」

「――な、なぜって……」

「おれたちの顔をあらかじめ知っていたのが一つと、目的はあくまでダグラスだから、連れのおれたちに必要以上の興味を示すのを避けたのが二つだ」

「ですけど、少々不自然でしたね。自分で言うのも何ですが、わたしとこの人が二人で並んでいるのを初めて見たはずの人がまったく何の反応も示さない、一言も話題にしないとは。――ましてや若い女性が。それだけでも充分異常です」

金髪の少年は勝ち誇ったように言った。

「さあ、どうするのかな、お兄さんたち？　それにお姉さんたちも」

八人は誰一人として動こうとしなかった。

互いの眼を見ることもしなかった。表情の消えた顔で不気味に座り込んでいるだけだ。

レティシアはおどおどとそんな全員を窺《うかが》っている。

これはあくまで何かの冗談ではと、笑い飛ばしたほうがいいんだろうかと葛藤《かっとう》している表情だ。

ヴァンツァーはもう少し深刻に考え込んでいる。

思い切って行動に移すべきか、様子を見るべきか、内心の動揺がありありと端麗《たんれい》な顔に浮かんでいる。

ダグラスも動けなかった。

彼は決して頭の悪い少年ではない。それどころか、不測の事態に対する判断力も決断力も極めて優秀で、行動力も備えている。教師陣もそう評価していたし、ダグラス自身それを自負していた。

だが、今わかった。

この場合の不測の事態とは交通事故に始まって、隕石の落下や宇宙船同士の衝突事故や爆弾テロなど、いわゆる『通常の世界』において起こりうると予想されるものを言うのだ。

さっきまでにこやかに談笑していた人たちなのに、その笑顔はみんな嘘だった。実は手の込んだ芝居《しばい》を打って自分を殺そうとしていた殺し屋だった。

こんなことを瞬時に理解し、的確に対応するには、『通常の世界』以外で重視される才能が必要であり、そんな特殊な対処能力は一般的な家庭や学校教育で培《つちか》われる要素には含まれていないのである。

この少年は間違いなくその能力を身につけている。

一同が黙っているのを見て、リィはコップを床に置いて立ち上がった。

「何も反応《リアクション》を起こさないなら帰らせてもらおうか。行こう、ダグラス」

促《うなが》されるまま、ダグラスは立ちあがった。

よくまあ足が動いたものだと我ながら感心した。

外は夜で小雨とはいえまだ雨が降っていて——と抗議しようとは少しも思わなかった。

シェラも二人の後に続いた。

三人はいったん居間から見えない寝場所へ行って自分の荷物を担ぎ上げた。

その時、リィがダグラスにそっと囁《ささや》いた。

「これから先は何があってもしゃべるな。眼の前でどんなことが起きても絶対に声を出しちゃだめだ」

人間、驚かされ続けると神経が麻痺《まひ》するらしい。

ダグラスは緑の瞳《ひとみ》をじっと見つめて、ごく普通に通信機を取り、断固とした命令を下した。

「チーム3《スリー》はただちに出動！　標的及び目撃者の少年たちも殺せ！」

「ドイル大佐！」

我に返ってコールは叫んだ。

「ここは戦場ではない！　連邦大学の行楽地だぞ！　それを！　銃殺死体を三体もつくる気か！」

「他に効果的な手段があるなら教えてもらいたい。生かして帰せるわけがないのはわかりきっている。山を下りたあの少年たちが何をしゃべると思う？」

「いや、しかし！」

「死体の始末などどうとでもなる。ここは山だぞ。森の中にでも埋めてしまえば行方不明で片がつく」

「あの少年たちは登山者届けを出しているんだぞ！　戻らなければこの山の大捜索が始まってしまう！　死体が発見されるのは間違いない！」

「それはそれでかまわん。見せしめに使えるからな。あの子どもの背後に何がいるにせよ、思い知らせて訊き返していた。

「いつまで？」

「おれがいいって言うまで」


コールは絶句して立ちつくしていた。

その顔からは血の気が失せて蒼白《そうはく》になっている。

耳を疑うという言葉があるが、その意味を今ほど痛烈に思い知らされたことはない。

ドイル大佐は逆に顔を紅潮させていた。

「ミスタ・コール。これは明らかに貴方の失態だぞ。隠密をもってなる蜃気楼部隊が、たかだか中学生に正体を看破されるとは何たることだ！」

「あり得ん！　こんな……！　我々の使用する毒は検死でも発見されないものだぞ！　こんな子どもに分析できるわけがない！」

「いかにも、子どもにはそんな真似は不可能だな。背後に何者かがいるはずだ」

大佐は自分が何をすべきか見失ったりしなかった。

やらねばならん」
「大佐！　もしそれが連邦だったらどうする⁉」
共和宇宙の調整役と、しかもその連邦のお膝元《ひざもと》で悶着《もんちゃく》を起こせば祖国の不利益を招くことになると
コールは熱弁を振るったが、大佐の意見は違った。
大佐が受けた命令は標的を確実に殺すこと。
だが、今の状況を聞く限り、標的だけを始末した
ところで何ら意味がないのは明白である。
つまり、あの少年たちの口も塞《ふさ》がなくては任務を
果たしたことにならないと大佐は判断したのだ。
もちろん偶然居合わせた高校生も黙らせる。
コールは悲鳴を上げた。
「無茶にも程がある！　そんな真似をしていったい
後の始末をどうするつもりだ⁉」
「問答無用だ！　ここからはわたしが指揮を執る！
後のことは後で考えればいい！」
そんな行き当たりばったりのやり方はコールには
考えられないことだった。同時に、少年たちの口を
塞がなくてはという大佐の主張ももっともだった。
自分たちの存在が世間に知られることがあっては
ならないのである。
激しい葛藤に襲われたコールの眼の前で、大佐は
通信機に向かって命じた。
「チーム7《セヴン》、チーム9《ナイン》、準備が調い次第ただちに出
動！　目標周辺に敵が潜んでいる可能性がある。数
及び装備は不明。探し出して確実に倒せ！」
コールは驚いた。
「敵だって？」
「言い換えればあの少年の味方だな」
大佐は苦い顔で言った。
「どんなに愚《おろ》かな子どもでも大人八人を敵に回して
あの小屋から出られないことくらいわかるはずだぞ。
あれほど得意そうにぺらぺらとしゃべったからには、
近くに頼む相手がいるのだ。その頼みの綱を切る」
コールも呻いた。
ゼータ4《フォー》たちは最初から正体を見破られていた。

ならば、任務に失敗したゼータ4《フォー》たちはいったいどうなってしまったのか。

硬い顔のコールも、青ざめている部下に言った。

「ベータ8《エイト》を呼び出せ」

すぐに相手が出る。

コールはベータ8《エイト》を叱責《しっせき》したりしなかった。ただ、感情を抑えた声で言った。

「とんだ失態だな」

一部始終を聞かれていたことを知っているだけに、ベータ8《エイト》も慚愧《ざんき》に堪《た》えない声で呻いた。

「……申しわけありません」

「不死鳥がそちらに向かった。彼らの邪魔はするな。計算外の少年にゼータ4《フォー》たちの行方を確認しろ」

ドイル大佐がすかさず高圧的な口調で言う。

「余計な真似をされては困るな、ミスタ・コール。あの少年も今は我々の標的だぞ」

「大佐。あの少年は生かして捉《とら》えるべきだ」

コールはきっぱりと言った。

「確かに今回のことは我々の失敗だ。失敗した以上、標的は大佐にお任せする。しかし、わたしの部下が正体不明の敵の手に落ちたかもしれんのだ。確認を怠《おこた》るわけにはいかない。何よりあの少年には背景をすべて語ってもらう必要がある」

コールの部下には興味のない大佐もこの主張には心が動いた。部下に言った。

「チーム3《スリー》に命令の変更を伝えろ。目撃者の少年は無傷で確保し、司令部に連行しろと」

子ども一人などどうにでもなる。

情報を聞き出した後は処分してしまえばいいと、ドイル大佐は冷ややかに考えていた。

居間に戻ると、彼らの様子は一変していた。

フィルは出口を塞いで立ち、足をくじいたはずのケインはコナーとファーガソンとともに、こちらへ向かって歩いてくる。

その向こうではクララとメイシーがレティシアの

両脇に、パティとオリーヴがヴァンツァーの両脇に立ちはだかり、手にした登山ナイフで二人の動きを封じていた。

　立つ機会を奪われた高校生二人は呆気《あっけ》にとられた顔つきで女性たちを見上げていた。抵抗もできないその様子はまさしく予想もしない事態に出くわした十代の少年そのものだ。

　なぜ刃物を向けられているのか、その意味がまず理解できない。ましてや相手は女性である。瞬時に危険とは判断できない。

　危機感は絶体絶命の窮地《きゅうち》に陥《おちい》ったことをようやく悟った後にじわじわと、そして急激に襲ってくる。

「あの、ちょっ……冗談だろ?」

「動かないで」

　クララが厳しく言ったが、レティシアはますます狼狽《ろうばい》して悲鳴を上げた。

「俺たちは関係ないんだって!　そうだろ!」

「動かないでと言ったはずよ。死にたいの?」

　ナイフを構えるクララの仕草は堂に入ったもので、少年を見下ろす眼には何の感情も籠《こ》もっていない。

　パティとオリーヴも同様だった。その彼女たちに挟まれたヴァンツァーは騒いだりはしなかったが、追いつめられた必死の眼は隠しようもない。

　ちらちらと女性たちを窺っている。

　隙あれば逃げ出そうと目論《もくろ》んでいるのだろうが、女性たちのほうが上手《うわて》で、そんな隙を与えない。

　ダグラスはそうしたことを素早く見て取った。

　それから自分に迫ってくる三人の男に集中した。

　三人とも今はダグラスではなく、リィを見ていた。

　穏和なリーダーだったファーガソンは気味の悪い光る目つきをして、屈託《くったく》のない山男だったコナーは険悪な表情と忌々しさを隠そうともしていない。

　物静かな優等生だったケインは表情というものを残らず消して、まるでつくりものの人形のようだ。

　ファーガソンが言った。

「湖にやって来た四人の行方を教えろ。そうすれば命は助けてやる」

リィが黙っていると、コナーが動いた。

驚くほどの素速さでシェラの腕を摑《つか》んで引き寄せ、大型の登山ナイフをその首に突きつけた。

「言わなければこの子を殺す」

咄嗟《とっさ》に進み出ようとしたダグラスをリィが制した。

その視線だけで約束を思い出させてくる。

(何も言うな)

こんな時だというのに緑の瞳には強い力があり、ダグラスは思わず頷いていた。

あくまで片手でダグラスをかばいながら、リィはコナーに向かって言った。

「シェラを放せ」

「四人の行方が先だ」

ファーガソンが言うと、リィはかすかに笑った。

「あんまり調子に乗らないほうがいい。おれたちが三人だけでいるとはまさか思ってないだろう?」

ファーガソンは別人のような表情で笑った。

手にした獲物を嬲《なぶ》るのが楽しくてならない顔だ。

「調子に乗っているのはどちらかな? 馬鹿な子だ。我々の前であんなに得意にならなければ、おまえは生きて帰れただろうに……」

わざと残念そうに首を振ると、一転して不気味な眼でじわりと言う。

「残念だったな。どんなに待ってもおまえの味方はここには現れない」

「どうしてそんなことがわかる?」

「わかるとも。我々にも心強い仲間がいるからな」

リィはすかさず子どもっぽい口調で訴えた。

「おまえたちの仲間が勝つとは限らないじゃないか。おれの味方のほうが強いかもしれない」

シェラを捉えたコナーが鼻で笑った。

「ありえないな。武装した特殊部隊員が十五人だぞ。正規軍一個中隊が相手でも壊滅させられる」

「そういうことだ。おまえの仲間の命運は尽きたが、おまえには機会をやろう。——四人はどこだ?」

「…………」

「司令部へ連行されれば、どのみち白状させられる。今のうちに素直に話したほうが身のためだぞ」

「司令部？」

「そうだ」

獲物の恐怖心を煽《あお》るように、わざとゆっくりした口調でファーガソンは言った。

「そこには意志とは関係なくしゃべらざるを得ない薬もある。色々な手段も行使できる。それとも先にこの子の身体で試そうか？」

「やめろ」

シェラを捕まえたコナーのナイフが不気味に動き、リィは強い口調で言った。

緑の瞳に初めて動揺らしきものが浮かぶ。

しかし、この少年は素直に屈しはしなかった。

少し沈黙すると首を振って、苦しまぎれに言った。

「そんなことできっこない。司令部がどこにあるか知らないけど、そんな遠くまで人を無理やり連れて行こうとしたら必ず誰かに見られるぞ」

「それも残念だったな。あいにく少しも遠くはない。すぐそこの森の中だ」

ファーガソンが顎《あご》をしゃくって左手を示したのは、ほとんど無意識の仕草だったろう。

リィが笑った。

満足そうな笑いだった。

それを合図に、シェラは自分を捉えた男の脇腹に、猛烈な怒りの肘鉄《ひじてつ》を叩き込んでいた。

「ぐっ！」

コナーが一声呻いて悶絶《もんぜつ》する。

ファーガソンが呆気に取られた時には重い荷物を背負ったリィが風の速さで肉薄していた。

小さな拳《こぶし》がまるで岩のような重さで男の腹を抉《えぐ》り、たまらず身体を折ったその顎を容赦なく突き上げる。

長身のファーガソンの足がものの見事に宙に浮き、もんどり打った身体が派手な音とともに床に沈む。

茫然と立ちつくしたケインに逃げる暇など、無論リィは与えなかった。細い腕が正確にケインの首を捉えたかと思うと、そのまま一気に床に叩きつけた。

レティシアとヴァンツァーも同時に動いていた。

座らされていた二人は床に手を着き、着いた手を軸に蹴《け》りを繰り出して女性たちの足を払ったのだ。

「あっ！」

何と四人の女性たちはほぼ同時に足をすくわれて、仰向けに倒れ込んだのである。

驚くべき早業だった。不意を食らった女性たちは慌てて起きあがろうとしたが、それより遥《はる》かに速く、少年たちの拳が彼女たちの鳩尾《みぞおち》を打っていた。

出口を押さえていたフィルは一歩も動けなかった。

ヴァンツァーが平然と近づいてくるのを、何かの間違いではないかと見つめることしかできなかった。

それはダグラスにとっても同じことだ。

とても現実とは思えなかった。

ヴァンツァーは棒立ちになったフィルの首を軽く打っただけに見えたのに、フィルはものも言わずに、がくりと膝を折って床に伸びたのである。

気づけば八人全員が意識を失って倒れている。

約束も忘れて声を上げそうになったが、シェラがダグラスに向かって人差し指を唇《くちびる》に当ててみせた。

まだしゃべるなと言うのである。

リィは荷物の中から巻取機《リール》と鉈《なた》、それに金鋏《かなばさみ》を取り出した。

シェラは大の字に伸びたファーガソンとケインの腕時計を外し、コナーの身体を無遠慮にまさぐって靴まで調べると、リィに眼をやって首を振った。

頷いたリィは釣り糸を使って男たちを縛り上げた。

シェラが仕上げに猿ぐつわを咬《か》ませる。

高校生二人も同じようなことをしていた。

レティシアはメイシーのベルトのコンパスを外し、ベストの中から鏡とリップクリームを取り出すと、クララには見向きもせずにフィルの腕時計を外した。

ヴァンツァーはパティの耳飾りとオリーヴの胸のブローチを注意深く取り上げている。

二人とも一言も口をきかなかったが、そこまでの作業を終えると、リィを見て頷いて見せた。

リィはまだ男たちを縛っている最中だったので、二人に向かって別の巻取機と金鋏を放ってやった。

八人を縛りあげて猿ぐつわを咬ませてしまうと、少年たちは取り上げた腕時計や装飾品を床に集めて、リィが無造作に鉈を振るった。

腕時計もコンパスも一撃で破壊されたが、リィは粉々になるまで叩き潰《つぶ》してダグラスを振り返った。

「しゃべっていいぞ」

とたん吹き出したのはレティシアだ。

「あんた、下手《へた》すぎ！　あんなんじゃ相手が自分の優位を信じてくれないぜ。もっとびびれよな！」

「言うなよ。おれじゃあ、あれが精いっぱいだ」

ヴァンツァーが淡々と言う。

「すぐに次が来るぞ。武装した特殊部隊員が十五人。恐らく何班かに別れてくる」

シェラがそのヴァンツァーに訊いた。

「鉛玉は？」

「持ってきた。——重かったぞ」

「わたしの荷物ほど重くはないはずだ」

シェラは威張って言い返し、リィがレティシアとヴァンツァーに向かって言った。

「やって来る連中は任せる。——ただし、殺すな」

レティシアが世にも情けない顔になった。

「王妃さん……そりゃあないぜ！　あんたの相棒が言ってたけど、そいつは表向き存在してないことになってる部隊なんだろう？」

「数はともかく、この連中と違って本格的な訓練を受けているはずだ。しかも最新兵器で武装している。下手に手加減するのは命取りだぞ」

ヴァンツァーも美しい顔に厳しい表情を浮かべて不服を唱えたが、リィは笑って言った。

「おれはこれでもおまえたちを高く買ってるんだ。どんな武器を持っていようと、どんな訓練を受けていようと、今から来る連中はおまえたちに比べたら半人前に等しいはずだぞ。もちろん、おまえたちが本気にならざるを得ないほど、全力を出さなければどうしても倒せないほど、その連中が手強いんなら、命あっての物種だ。手加減しろなんて言わないよ。だけど、熟練者《ベテラン》が格下に稽古《けいこ》をつけてやるだけなら、そう躍起《やっき》になることもないだろう？」

レティシアはがっくりと肩を落とした。それでもめげずに上目遣いに訴えた。

「けどさあ。こんなところまで人を担ぎ出したんだ。ちょっとだけでいいからさ、やらせてくんない？」

言葉だけは可愛らしい物騒なおねだりである。

ヴァンツァーはうっすらと笑いを浮かべていたが、こちらはあくまで真面目に質問した。

「存在しない部隊に属する人間はこの世に生きてはいないということだ。いないものを殺したところで問題にはならないはずだが、理由は何だ？」

「ダグラスの精神衛生上よくない」

四人の眼がいっせいにダグラスを見た。

間の抜けた質問だとわかっていたが、ダグラスは茫然と呟いていた。

「きみたちは……知り合いなのか？」

全然気づかなかった。

気絶させられた八人も夢にも疑わなかったはずだ。

レティシアとヴァンツァーがリィとシェラを見る眼はまったく未知の人に対するそれだった。二人が男だと知った時の驚きと軽い動揺、それから見せた多少の好奇心も知人ではありえない反応だった。

リィとシェラもそうだ。同じ名前なんて偶然だと言った二人の顔はごく自然な驚きに彩《いろど》られていた。

それなのに……。

リィはダグラスの前まで来ると、真顔で言った。

「ダグラス。状況はわかるな？　あまり時間がない。ここに伸びている連中はまだ事故に見せかけようとしてたけど、これから来るのは違う。どんな手段を使ってもダグラスを殺す気でいる」

「どうして⁉　ぼくが何をしたって言うんだ！」

ダグラスは混乱の極みに陥っていた。

その眼は恐怖と衝撃に濁《にご》り、血の気を失った唇が戦慄《わなな》いている。恐らく足元の地面が崩壊するような思いを味わっているのだろう。自分に対する殺意を目の当たりにした十八才の少年としては無理もない反応だったが、リィは首を振った。

「それは今考えることじゃない。それよりも現実に『どう対処するか』が最優先課題だぞ」

そう言われても咄嗟には答えられないダグラスに、リィは助け船を出してやった。

「ダグラスはどうしたいんだ？」

「ど、どうって……」

「このまま諦《あきら》めて素直に殺されるのか？」

「冗談じゃない！」

叫んだことでダグラスの眼に自我が戻ってきた。

自分の追いやられた理不尽な状況に対する激しい怒りがそこにあった。

「ぼくはおとなしく殺されるつもりなんかない！」

リィは笑って頷いた。

「じゃあ、生き延びるための努力をしよう」

「どんな努力をしろって⁉ 武器を取ってその特殊部隊と戦えっていうのか！」

「素人《しろうと》のダグラスにそんなことをしろとは言わない。それはおれたちがやる。ダグラスが決めるのは——おれを信じられるか、信じられないかだ」

ダグラスはぽかんとリィを見た。

次に、その顔にみるみる怒りが広がった。

「……きみはずいぶん都合のいいことを言う」

「そうか？」

「そっちで勝手にまな板に載せたくせに……今さら、載せられた鯉《こい》に何を決断しろって言うんだ？」

「言い得て妙だな」

おかしなことに感心してリィは頷いた。

それから、ひどく真剣な眼でダグラスを見た。

「ダグラスに無断で、ダグラスを囮《おとり》に使ったことは悪かったと思ってる」

「………」

「だけどそれは、この連中の見境《みさかい》のなさが原因だ。学食でダグラスを殺そうとするなんて。ここにいる間はおれたちが何とかしてやれるけど、ダグラスがツァイスに戻ったら、連中も間違いなくツァイスに追いかけて行くだろう。それじゃあ結局同じことだ。遅かれ早かれダグラスの死亡記事を読むことになる。それなら今やっておいたほうがいいと思ったのさ」

ダグラスは思わず唸った。

根本的に問題が間違っていると感じたのは決して自分の気のせいではないはずだ。

「何を言ってるのかわかってるのか……？」

「そのつもりだよ」

「相手は武装した戦闘集団なんだぞ」

「らしいな」

リィはあっさり頷いて、不敵に笑った。

「ダグラスは素人。おれは玄人《くろうと》だ。司令部が近くにあるっていうならちょうどいい。どうしてこんなにしつこくダグラスを狙うのか訊いてくる」

開いた口がふさがらなくなったダグラスを尻目に、レティシアがやれやれと苦笑した。

「あんた、どうしてもその悪い癖《くせ》が直らないんだな。弱いものを見捨てられない」

「それは違うぞ。別に癖ってわけじゃない」

振り返って、リィは断言した。

「単なる趣味だ」

なお悪いと、ファロット三人は同時に思った。

11

チーム3《スリー》の五人は小雨の中をひたひたと目標に接近していった。

辺りは真っ暗闇《やみ》だ。

さっきまで点《つ》いていた小屋の窓の灯《あか》りが消えて、完全に闇に溶け込んでしまっている。

肉眼で見たのではそこに小屋が建っていることも気づかなかったに違いないが、暗視装置のおかげで、五人の眼は小屋の形をはっきり捉《とら》えていた。

チーム3《スリー》のリーダーは、まずは分散して扉と窓に張り付き、内部の様子を探ると部下に告げた。

不死鳥部隊は時に思い切った荒技《あらわざ》を行使するが、それは用心深さと細心さに裏付けられたものである。

司令部からの連絡によると、先程あの小屋の中で、確かに格闘のような物音がしたという。

その後、中にいる八人と連絡が取れなくなった。

既に敵に制圧されていると考えるのが妥当《だとう》である。

そこまでならまだしも、

「蜃気楼の連中がおまえたちの接近を話した。敵が待ちかまえている可能性もある。用心しろ」

というのだから、小屋ごと吹き飛ばしてしまえばいっそ簡単なんだが——と、チーム3《スリー》のリーダーは忌々《いまいま》しく思った。

中の八人は巻き添えを食らって爆死するだろうが、へまをした彼らが悪いのだ。

しかし、目撃者の少年は生かして捉えろと命令が出ている。さらに言うなら、ここは内乱の続く紛争地帯ではない。

連邦大学が自然保護の対象としている山で小屋が『爆発』などしたら大騒ぎになるのは必至である。

弾痕も好ましくないと言われたが、攻撃されればそんなことは言っていられない。

訓練通りに銃を構えて目標に接近した。

この目標は見晴らしのいい場所に建っている。途中には身を隠す場所もない。発見されたら狙い撃ちにされる恐れがあるが、こちらを攻撃するには敵も窓や扉から姿を見せる必要がある。

その一瞬を決して見逃したりはしない自信のある不死鳥部隊は、警戒しながらも大胆に小屋に接近し、二人は扉の傍《そば》、リーダー以下の三人はそれぞれ窓の傍にぴったり張り付いた。

窓の隅に無音のドリルで極小の穴を空け、極細の内視鏡を差し込んで内部の状態を探る。

動くものはどこにも確認できなかった。

ただし、居間の床に妙なものが転がっている。手足を縛られた人間だった。しかも一人ではない。内視鏡で確認できる範囲に三人いる。顔は死角になっていて見えないが、一人は女のようだった。

三人ともぴくりとも動かなかった。

生きているのか死んでいるのかも判別できない。死体をわざわざ縛る人間はいないが、縛った後に殺した可能性は充分考えられる。

いずれにせよ、確かめてみなくてはならない。

リーダーの合図で五人はいっせいに突入した。

動くものがあったら瞬時に射殺する勢いだったが、小屋の中はひっそりと静まり返っている。

隊員たちが素速く縛られた人間に近寄ってみると、三人とも間違いなく蜃気楼の構成員だった。

猿ぐつわを咬《か》まされて意識を失っている。

部下の二人に、助けてやれと身振りで合図すると、リーダーは他の二人を引き連れて奥に向かった。

奥には二段ベッド状の寝場所がある。

その上にある窓だけは外から確認できていない。

何かが潜んでいるとしたらそこしかない。

だが、奥へ向かった隊長以下三人は、そこの床に倒れていた人間二人につまづきそうになった。

やはり縛られて、不自然な形に身体を捻《ひね》っている。

さらに肝心《かんじん》の寝場所の上の段を見れば、そこにも確かに人間が横になっている。

リーダーが反射的にそちらに銃口を向けるのと、足元の床に転がっていた一人の手が眼にもとまらぬ速さで閃《ひらめ》いたのとが同時だった。

「がっ！」

首や腹に衝撃を感じてリーダーは悶絶《もんぜつ》した。

自分の身体を襲った激痛が信じられなかった。

荒事専門の不死鳥部隊の一班を率いる長として、奇襲に対する訓練はいやというほど積んでいる。

どんな状況でも撃たれるより先に撃ってきた。

それが誇りでもあり、それによって生き延びても来たのだ。その自分が引き金を引く暇も与えられず、やすやすと攻撃を許すとはありえない事態だった。

薄れる視界の片隅に、同じく瞬時に身体の自由を奪われた部下二人が映る。

自分たち三人を一瞬にして沈めたのか……。

そんなことの可能なものがこの世にいるのかと、リーダーの心はそれだけを叫んでいた。


何が自分たちを攻撃したのか見極めようとしても、既に意識が朦朧《もうろう》としている。

「おまえら、よくこれで不死鳥なんて名乗るよな。恥ずかしくねえか？」

呆《あき》れたような少年の声を聞いたのが最後だった。


一方、広間に残った二人の隊員は、転がっている人間の手足を自由にしてやろうとして驚いた。

気絶した三人を縛っているのはロープではない。

極細の紐《ひも》だった。釣り糸のようにも見えるのだが、軍用ナイフの刃が立たないのだ。

「どういうことだ……？」

「ただの釣り糸じゃないぞ」

二人して呟《つぶや》いた瞬間だった。

誰もいないはずの斜め上の空間から、小さな礫《つぶて》が二人に襲いかかっていた。

その正体は小指の先程の大きさの玉だ。

何の仕掛けもない、一見子どもの玩具《おもちゃ》のようにも見える品だ。普通ならぶつけられても痛いと感じて痣《あざ》をつくるだけだが、充分な速度を持たせることで人の身体も貫く凶器になる。

命を奪うか、意識を失わせるだけで済ませるか、それも熟練者の手にかかれば自在に調節できる。

立て続けに激しい衝撃を食らって、二人の隊員は助けるはずの人間の横にどさりと倒れ込んだ。

同時に、小屋の上のほうの壁から人影が離れて、ふわりと床に降り立った。

さっき彼らが入って来た扉のまさに真上、わずか一センチもない枠に立って完璧《かんぺき》に気配を消していたヴァンツァーに、五人はまるで気づかなかったのだ。

奥からレティシアがひょいと顔を出す。

「終わった？」

「ああ。とりあえずはな」

ヴァンツァーは自分が放った鉛玉を回収すると、珍しくも薄く微笑して肩をすくめた。

「確かに半人前だな。王妃に乗せられるのは癪《しゃく》だが、真剣に相手をするのもばかばかしい」

「同感だ。次が来る前に縛っちまおうぜ」

寝場所の上の段で、ダグラスは息を詰めていた。

激しい緊張のせいで、自分が呼吸をしているのかどうかも怪《あや》しかったが、壁のほうを向いて横になり、なるべく静かに息をするように言われている。

その自分の隣には縛られて意識を失ったコナーとファーガソンが寝かされている。

この二人は『盾《たて》』だと、リィは言った。

こうしておけば、入口から入って来た敵が闇雲に銃を撃っても、先に二人に当たるというのである。

それでは自分の代わりに二人が死ぬ恐れがあると抗議すると、少年は困ったように笑って言った。

「自分を殺そうとしていた殺し屋の命と自分の命と、どっちが大事だ？」

そう訊《き》かれれば答えなど決まっている。しかし、だからといって引き下がるわけにはいかなかった。

なぜなら、それを許してしまったら自分は自分でいられなくなる。二度と前を向いて歩けなくなる。

だが、リィはなだめるように言ったのだ。

「大丈夫。これから来るのはダグラスの国の腕利き特殊部隊だ。顔も確かめないで撃ったりはしないよ。これはあくまでも念のためだ。ダグラスを無防備で銃口の前に晒《さら》す気にはなれないからな」

そう言われてしまうと、何も言えなかった。

銃を持った人間が入ってくるとわかっていながら無防備で寝る勇気はダグラスにはなかったからだ。

ならば、最初から抗議などしなければいい。

中途半端な自分がいやだった。自己嫌悪を感じて、横向きになった自分の腕をきつく握りしめていると、下の段から銀髪の少年の声がした。

「今なら少し動いてもいいですよ」

思わず大きな吐息が洩《も》れた。

「……いつまでこうしていればいいんだ」

金髪の少年は、ダグラスは何もするなと言った。

ここで、自分がいいと言うまでじっとしていろと念を押していったのだが、どうも居たたまれない。

下の段にいる銀髪の少年も何もしていないように見えるのだが、少年はあっさり言った。

「勝つまでですよ、もちろん」

「だったら……何かしなくていいのか?」

「していますよ。わたしの役目はあなたを守ること、あなたの役目は息をすることです。わかっていると思いますが、彼らはそれを止めるために来るんです。あなたを殺されたら、わたしたちの負けですからね。死んだふりというのも立派な戦術です」

ぶるっと身震いしたダグラスだった。

この少年も、あの金髪の少年も、自分にとっては無縁の『死』というものにひどく慣れ親しんでいる。

「シェラ」

「はい」

「一つ訊いていいか?」

「何でしょう」

「……人を殺したことは？」

「ありますよ」

感じたものは『まさか』と『やはり』だ。

声が震えないように最大限の注意を払いながら、ダグラスは努めてさりげなく言った。

「……ヴィッキーも？」

「質問は一つでしょう。——次が来るようですから、話は終わりです」

「わかるのか？」

「いえ、わたしにはわかりませんが、居間の二人が気配を消しましたから——」

だからなぜそれがわかるのだ？

この少年も、あの二人も、もちろん金髪の少年も、恐らくは自分の知らない世界を生きてきたのだろう。

「あんまり緊張しないで、昼寝するような気持ちで楽にしてください。本当に寝てもいいですよ」

どんなに無茶な注文をしているのか、きっとこの少年にはわからない。


ダグラスは生まれて初めて恐ろしいくらい真剣に『死んだふり』という作業に挑《いど》んだ。

チーム3《スリー》の連絡が途絶えたという報告を受けて、他の二チームはすかさず行動を開始した。

それぞれ別の場所で待機していた彼らは先を競うように目標に向かったが、その途中、チーム9《ナイン》は森の中をさまよう人影に出くわした。

雨は既にやんだが、辺りは真っ暗闇の森の中だ。

普通の人間には何も見えないだろうが、チームは暗視装置のおかげではっきり見える。

覚束《おぼつか》ない足取りで森の中を歩き回っていたのは、中学生くらいの子どもだった。

ものがよく見えないのだろう。両手を突き出してどこに木があるのかをいちいち確かめている。長い髪を一つに束ねた、少女のような顔立ちの少年だ。

チーム9《ナイン》のリーダーは司令部に連絡した。

「目撃者の少年を発見しました」

「なに⁉」

「森の中です。小屋から逃げ出してきたようです」

「ただちに司令部に連行しろ。無傷でだ」

目隠し鬼をやっている状態の少年と違って昼間とほとんど変わらずに見ることができる隊員たちは、難なく少年を包囲して銃口を突き付けた。

「動くな！　手を挙げろ！」

銃を持った大人が五人である。

こんな子どもに抵抗する術《すべ》などあるわけない。

もっとも、この暗闇では隊員の姿や銃口が少年に見えたかどうかも疑わしかった。少年はただ、突然闇から響いた大声に悲鳴を上げて、あっさり両手を挙げたのである。

「こ、殺さないで……！」

さっきのレティシアの怯《おび》えっぷりを思い出して、なるべく頑張って真似たリィだった。

リィは決して大根役者ではない。むしろ演技力は人並み以上にあるのだが、怯える芝居《しばい》だけはどうも苦手で、我ながらまずいと思わざるを得ない。

恐怖心を見せるのは負けを認めるに等しいという戦士の本能が邪魔をするのかもしれなかった。

（もっとびびれって言われてもなあ……）

どうすりゃいいんだと珍しく落ち込んだリィだが、こういう時は黙っていてもその外見がものを言う。

暗視装置越しに見ても身体は小さく、手足は細く、どこから見ても立派な中学生である。

こんな子どもが銃口を向けられて震え上がるのは当然の反応だから、隊員たちはその態度が嘘《うそ》だとは夢にも考えなかった。

だからといって油断はしない。

内乱の続く紛争地帯では、もっと小さな子どもが銃を撃つことなど日常茶飯事《さはんじ》だからだ。

リーダーは部下に命じて少年の身体検査をさせ、銃はもちろん刃物も持っていないのを確かめてから、再び司令部に連絡した。

「少年を確保。今からそちらに向かいます」

報告を受けたドイル大佐は満足げに頷《うなず》いた。

何しろ、チーム3《スリー》との連絡が絶えている。

これこそ大佐にとってはありえない事態だった。

あの少年には訊かなければならないことが山ほどあるのだ。

その気持ちはコールも同様だったから、特に念を押したものだ。

「大佐。少年の尋問にはわたしも加わるが、異存はないだろうな？」

「いいとも。相手は子どもだ。ミスタ・コールにはなだめ役をやってもらおう」

情報を聴き出すには脅《おど》して震え上がらせておいて、その後、優しくしてやるのが効果的だ。

単純だが、大人にも案外有効な手段である。

中学生の少年ならひとたまりもない。

手ぐすね引いて待ちかまえる大佐とコールの元に、少年が届けられたのは、およそ十分後のことだ。

チーム9《ナイン》は再び目標に向かって引き返していき、少年は椅子代わりの資材に座らされた。

泣いたり取り乱したりはしないが、落ち着かない様子だった。きょろきょろと辺りに眼をやっている。

大佐もコールも無言でその様子を観察していたが、まずはドイル大佐が単刀直入に尋問に入った。

「おまえの仲間はどこにいる？　そいつらの名前と居場所、所属する組織を答えろ」

「知らない」

当然のように首を振った少年に、大佐は吠えた。

「嘘を吐くな！　おまえは知っているはずだ！」

空気がびりびり震えるような怒号だった。

傍にいた大佐の部下が息を呑《の》んだが、少年は逆に大佐を見つめて問い返した。

「どうしてダグラスを殺そうとするんだ？」

「友だちが心配か？　今は自分の心配をする時だぞ。知っていることを正直に残らず話せ。——それとも、少し痛い目に遭《あ》わないと思い出せないか？」

効果的に人を痛めつける手段を知っている大佐が、

どすの利いた声で凄《すご》むと大変な迫力である。

大の男でも震え上がるはずだが、少年はここまできても自分の置かれた立場を理解していないらしい。

子どもっぽい口調でもう一度繰り返した。

「どうしてなんだ。ダグラスはそんなに悪いことをしたのか？」

ドイル大佐はわざとらしく舌打ちすると、懐《ふところ》から抜いた銃口を少年の頭に突き付けた。

「二度は言わんぞ。知っていることをすべて話せ」

これにはさすがに少年も怯えたように首を竦《すく》めて、急いで言った。

「凝った芝居をしたのが蜃気楼で、さっきの連中が不死鳥って名前だっていうことなら知ってる」

大佐の顔色が変わった。

ダルチェフの最高機密に属する自分たちの所属を中学生の少年が平然と口にすることに愕然《がくぜん》とした。

ますますもって生かしておくわけにはいかないが、問題は『誰』がそれをこの子どもに吹き込んだかだ。

「それをおまえに話したのは誰だ。——言え！」

「ドイル大佐。まあ待ちたまえ。そう頭ごなしではこの子も話しにくいだろう」

実に穏やかにコールが割って入る。

見せかけだけは申し分のない笑顔で話しかけた。

「いいかい。今ならまだ間に合うんだ。おじさんに、きみが知っていることを全部話してくれないか？　そうすれば、きみはまた学校の友だちに会えるし、お父さんお母さんのところにも帰れるんだ。きみが二度と家に帰らなかったら、お父さんとお母さんはとても悲しむだろう？」

「うん」

少年はひどく真面目な顔で頷いた。

コールはここぞとばかりに言ったのである。

「おじさんにもきみと同じ歳くらいの息子がいる。だからこそ、きみを無事にご両親のところへ帰してあげたいと思っているんだよ。だが、そのためにはきみがおじさんに協力してくれることが大切なんだ。

──わかるね？」

「だったらおじさんも協力してよ。おれはどうしてダグラスが死ななきゃならないのか知りたいんだ。どうすればダグラスを助けられる？」

コールは一瞬迷った。

彼は死んだりしないとなだめるべきか。

何かもっともらしい理屈をつけるべきか。

後者を選択した。

「そのことはおじさんも残念だと思っている。彼は立派な青年だからね。成績優秀で、正義感にあふれ、将来を嘱望《しょくぼう》されてもいる。しかし、理由はきみが今、言ったとおりなんだよ」

「何を言ったって？」

「彼に非はない。何一つない。本当に残念だと思う。しかし、それでも、彼は死ななければならないんだ。いや、彼は死ぬのではない。貴《とうと》い犠牲になるんだよ。──他ならぬ我々の祖国のために」

少年はまじまじとコールを見た。

コールも少年の反応をじっと窺《うかが》っていた。

写真で顔は知っていたが、こうしてみると確かに大変な美少年だった。天使のようなという形容詞がぴったりだ。この少年を計算に入れなかったベータ8《エイト》の不手際を責めるのは酷というものだろう。

見事な金の頭を傾《かし》げて少年は不思議そうに言った。

「……司令部ってここじゃないの？」

ドイル大佐が傲然《ごうぜん》と胸を張った。

「いいや。すべての指示はここから出されている」

「おじさんたちが不死鳥と蜃気楼に指示を出してる指揮官なんだよね？」

「そうとも。それがどういう意味か教えてやろう。友だちを生かすも殺すも、おまえ次第ということだ。よく考えるんだな」

少年は今度は大佐に眼を移して言った。

「じゃあ、どうしたらダグラスを助けてくれる？」

「わかっているはずだ。おまえの仲間のことを全部正直に話せば友だちは助けてやろう」

「……いいよ。話すけど、その前にダグラスを狙う理由を教えてほしいな」

子どもというものは変なことに拘《こだわ》ると思いながら大佐はコールを示して言った。

「理由は彼が言った。おまえの友だちは、残念だが祖国に害をなす存在になった——それだけだ」

「だが、きみは何も関係ないんだ。おじさんたちに知っていることを全部話してしまえば、きみはまた普通の生活に戻れるんだよ。元通りに学校に行って、友だちと一緒に遊ぶ生活にね。お父さんお母さんのためにもそうしなさい。いやなことはみんな忘れてしまったほうがいい」

「そんな戯言《たわごと》で騙《だま》せると思うほど、おれは子どもに見えるのか?」

この時司令部には大佐とコールの他に、それぞれ二人の部下がいたが、四組の眼が少年に集中した。

今や舌打ちしているのはこの少年のほうだった。

呆れ果てた嘲《あざけ》りの表情を隠そうともしていない。


「まさか指揮官まで知らないとは思わなかったぞ。国とやらに命令されただけで、理由も聞かないで、こんな大がかりな仕掛けを組んだのか?」

大佐はかっとなった。

「黙れ、小僧!」

銃口を向けたものの殺す気はなかった。

チーム3《スリー》の連絡が途絶えた原因を聞き出す必要があったからだ。今はまだ脅すだけのつもりだったが、あいにくと、リィのほうがこれ以上おとなしくしているつもりはなかったのである。

司令部と言っても、天幕の中にさまざまな機械を持ち込んだだけのものだ。

所狭しと機械や資材が置かれた天幕は動きにくく、しかも、中にいるのは四人だけ。たとえ相手が銃を持っていても、こんな条件なら剣もいらない。

大佐が銃を撃つより速く、リィはその大佐の手を蹴《け》り上げていた。

予想もしなかった下からの一撃に銃を飛ばされて

大佐は愕然とした。

さすがの身のこなしで予備の銃を抜こうとしたが、リィはそれまでじっとしてはいなかった。

握り潰《つぶ》せそうな小さな拳《こぶし》が鍛《きた》え上げた軍人の腹を襲った。普通なら勝負は明らかだ。大佐にとっては蚊《か》に刺された程度にしか感じないはずなのに、この一撃で大佐は完全に動きを止められ、白目を剝《む》いて、がっくりと膝《ひざ》を突いたのである。

大佐もコールも自分たちが捕らえたものの正体を知らなかった。見た眼に油断はしなかったとしても、武装もしていない十三才の少年だと、安心しきっていたのである。

リィは残る三人にも抵抗する間など与えなかった。

金色の疾風《しっぷう》のように動いてたちまち打ち倒した。

ざっと四人の身体検査をすると、登山者に扮した一人は大型の軍用ナイフを脇に吊《つる》していた。

荷物の中には登山者なら必須のロープもあった。

これ幸いとばかりに四人をひとまず縛り上げて、大佐の銃で司令部の機械を片っ端から破壊すると、ナイフを手に小屋に向かった五人を追った。

さっきは見えないふりをしたが、もちろん昼間と変わらず見えているリィである。

チーム9《ナイン》も視界が利くだけに比較的速く森の中を進んでいたが、普通に歩く牛と全力疾走の狼《おおかみ》とでは話にならなかった。

金色の獣《けもの》は疾風のように森を駆け抜け、たちまち彼らの背後に迫り、最後尾の一人に襲いかかった。

「あっ！」

不意に発せられた仲間の悲鳴を利いた途端、他の四人は戦闘態勢に入っていた。

四つの銃口がいっせいに悲鳴のした方向を向く。

だが、そこには地面に倒れる仲間がいただけで、敵の姿は見あたらない。

こんな時は一瞬の判断が命取りになる。

酷《ひど》いようだが、仲間の救助は後回しだ。ぐずぐずしていたら自分たちまで攻撃されるからだ。

四人はばらばらに木陰に身を隠すと、暗視装置に熱源探知を併用させた。

暗視装置の弱点は視界が狭いことだ。

頭に装着した装置は軽量で、かなりの高性能だが、どうしても肉眼ほどの視野は確保できない。

その不足分を補うための熱源探知である。

こちらは敵を見ることができず、敵にはこちらが見えるというのは状況として最悪だ。

隊員たちもさすがに緊張と焦燥《しょうそう》を隠せなかったが、こんな場合の訓練はいやというほど積んでいるし、敵を探すための探知機も装備している。

迂闊《うかつ》に飛び出すような真似は間違ってもしない。

木の陰に身を潜め、全方向に全神経を注《そそ》いでいた。

ただ、これは決して彼らのせいではないのだが、頭の上だけはお留守になっていたのである。

常識的に考えて、銃弾の飛び交う現場でわざわざ木に登ったりする人間はいないからだ。

第一そんな目立つ動きをすれば確実に熱源探知に引っかかるはずである。

従って、彼らの敗因は探知機を盲信して、五感を疎《おろそ》かにしたことといえるだろう。

さらには、視界の狭い暗視装置をつけた状態では、どうしても背後への注意は行き届かなくなる。

気づいた時には手遅れだった。

懸命《けんめい》に探知機を操作している隊員の背後から手が伸びたかと思うと、頭の暗視装置をもぎ取ったのだ。

「ああっ⁉」

眼鏡《ゴーグル》を奪われた隊員は悲鳴を上げた。

さっきまでは昼間のような視界だったのに、今はまったく見えない。真の闇が襲いかかってくる。

「畜生《ちくしょう》！　やられた！」

「落ち着け！　動くな！」

リーダーは混乱状態の隊員に声を掛けた。

そちらを見ると『眼』を取られた隊員が、銃口をあちこちに向けている。

と思ったら、今度はリーダー自身が衝撃を感じて雨上がりの地面に突き倒されたのである。
「なっ！」
泥だらけになりながらもすぐさま跳ね起きたが、
その時にはリーダーも暗視装置を奪われていた。
さらに次々に隊員の悲鳴が上がる。
「隊長！」
「何も見えません！」
彼らはあらゆる事態を想定して訓練を積んできた。
当然、暗視装置が故障した想定も含まれているが、
その場合は他の隊員が補佐するはずだった。
まさかチーム全員が『眼』を奪われてしまうなど、
一度も想定したことがなかったのである。
身体にも装備にも何の損傷も受けていないのに、
彼らは死に体も同然だった。
さっきまで意識もしていなかった『闇』が一気に
自分たちを呑み込んでいる。急激に迫り来る恐怖に
冷や汗が滲《にじ》むのを感じながら、そんなことをしても
無駄だと知りながら、リーダーはしっかと銃を握り
なおしていたのである。
まさにその自分の背後に敵が立っていることにも
気づかずにだ。
リィは右往左往する隊員たちに逆に驚いていた。
確かめるつもりで眼鏡を剝《は》ぎ取ってみたのだが、
本当に見えないらしい。
体つきを見ても確かに鍛えているのはわかる。
最新兵器を使いこなす訓練もしているのだろうが、
鍛えるところを根本的に間違っていると思った。
それでも相手が持っているのは飛び道具である。
厄介《やっかい》なことに、この武器は見えなくても引き金を
引くだけでいい。たとえまぐれ当たりでも一発でも
食らったら命に関わる。
だが、幸いなことに、彼らは同士討ちを警戒して、
発砲を控えてくれている。
苦笑したリィだった。
あくまで気配を立てずに彼らの背後から近づくと、
その首筋に次々に手刀を落とした。

あんまり素直に打たせてくれるので、何だか申し訳ないと思ったくらいだ。

五人を片付けて、武器を取り上げたたリィが避難小屋に戻ってみると、灯りはまだ消えたままだった。

何の異常もないように静まり返っている。

リィは普通に扉を開けて、ただし中には入らずに声を掛けた。

「そっちは何人だ？」

上のほうからヴァンツァーの声が降ってきた。

「ちょうど十人だ」

「おれが五人。数は合ってるな。――一応訊くけど、怪我人《けがにん》は？」

返ってきたのは低い笑い声だけである。

灯りをつけると奥からレティシアが出てきた。

シェラとダグラスもだ。

ダグラスは傍目《はため》にも青い顔だった。それは同時にひどく険《けわ》しい顔でもあったが、リィは今はそれにはかまわなかった。


全員を見て言った。

「実はここからがちょっと大仕事なんだ」


昨夜の雨が嘘のように晴天が広がっていた。

この日、連邦対外防諜局ハウエル課長の下で働く諜報員六人が登山者としてキャラウェイ山に登った。

不死鳥と蜃気楼がキャラウェイ山に入ったらしいという情報を受けてのことだった。

しかし、一課報員の彼らにはその情報がどこからもたらされたものなのかは聞かされていない。

従って、こうして出てきたはいいものの、それは何かの間違いではと首を捻らずにはいられなかった。

どう見てもただの山である。

空は晴れ渡り、白い雲が浮いている。

平日にも拘《かか》わらず、意外に登山者の姿が見える。

ダルチェフの特殊部隊がまさか行楽にやってくるわけがないが、ここに何かがあるというなら、その何かを見つけるのが自分たちの仕事である。

彼らは無線機を持って二人ずつに別れ、それぞれ違う経路を歩くことにした。

班長とその部下は一般的な登山道を上がったが、その途中、湖へ続く登山道が雨の降る前に崖崩《がけくず》れを起こして通行止めになっていること、今日から復旧作業が始まるという登山者の話を聞いた。

雨も降らなかったのに崖崩れとはいかにも怪しい。近くまで行ってみようとした班長だが、その時だ。別の登山口からハイキング・コースを歩いている部下たちから連絡が入った。

「大変です！　すぐにこちらに来てください！」

その声がまるで悲鳴である。

「どうした？」

「そ、それが……とにかく急いで来てください！」

班長は思わず部下と顔を見合わせたのである。ただごとではない。

しかし、山の上ではすぐに来てくれと言われても、車で一走りというわけにはいかない。

自前の足で慌《あわ》ただしく山道を急ぎ、一時間後には言われた場所にたどり着くことができた。

こちらは初心者向けのハイキング・コースなので、小学生の姿も見えた。遠足に来ているらしい。

登山道の脇に小屋が建っている。

なかなか立派な山小屋だが、その前に人だかりができていた。小学生を引率している教師は、なぜか子どもたちがそこに近寄らないようにしている。

班長も部下も興味を覚えて行ってみようとしたが、待ちかまえていた別の二人が慌てて遮《さえぎ》った。

「待ってください！」

「これを……まずこれで見てください！」

渡されたのは双眼鏡だ。

すぐそこの騒ぎを見にいくのになぜこんなものを使わなくてはならないのか理解に苦しむが、彼らの仕事は言うまでもなく目立ってはならない、迂闊に人前に出てはならないというのを格言《モットー》としている。

双眼鏡で見るには逆に近すぎるが、慎重に覗《のぞ》いて騒ぎの元を確かめた班長は仰天《ぎょうてん》した。

自分の眼と顎《あご》が顔から落ちるかと思った。

登山者の輪の向こうには、猿ぐつわを咬まされた人間が何人も座らされている。

十人以上はいる。みんな手足を縛られて、地面に埋めた太い杭につながれている。

生きてはいるが、意識が朦朧としているようで、反応が鈍い。

これだけでも充分異常だったが、さらなる問題はその周囲にあった。

『危険！　近づくな！』

『この人たちは人殺しです』

『この人たちはダルチェフの特殊部隊です』

『強面の男たちは不死鳥、若い男女は蜃気楼』

『演技力に騙されてはいけません！』

『殺人犯です！　武器を所持しています！』

『爆発物を持っています！』

『ただちに連邦警察に連絡を！』

大きな印刷字体で書かれた立て札がこれでもかとばかりに縛られた男女を囲んでいるのである。

班長はすんでのところで絶叫するのを堪《こら》えると、嚙《か》みつくような眼でこの場にいた部下を見た。

「こ……この状況は……どうしたわけだ⁉」

「わかりません！　我々が来た時は既にあの状態で、何とかしようにもあの人だかりでは……」

答える部下も顔面蒼白《そうはく》である。

もう一人の部下が必死の形相で班長に言った。

「先程、登山者にまぎれて近づいてみたんですが、男たちの数人は間違いなく、ダルチェフ特殊部隊のそれと酷似した装備を身につけているんです」

「何だと⁉」

彼らはまだ知らなかったが、この奇妙な立て札と縛られた人が発見されたのはここだけではなかった。

ノックス湖の傍の森でも同様のものが見つかって、そちらでも大騒ぎになっていたのである。

さらに、避難小屋から森の中へ入ったところには、彼ら諜報員なら一目でわかるドイル大佐が転がされ、自由にならない手足と声に恥辱を噛みしめていたが、そちらは人気のない場所なので発見が遅れている。

「どう対処しますか?」

部下に尋ねられた班長は低く唸《うな》った。

まさにそれが大問題だった。

自分たちは警察ではない。

逮捕権も捜査権も持たない。

百歩譲って警察だと偽証するにしても、ここには十三人もの人間が縛られているのである。

到底、自分たちだけで連行することはできない。

迷った末に、班長は登山者の輪に近づいてみた。

とにかく自分の眼で確かめようと思ったのだ。

近づくに連れて、話し声が聞こえてくる。

奇妙な見世物を遠巻きにしている登山者たちは、当然だが、おおいに困惑した表情だった。

緊張の面持ちで、ひそひそと囁《ささや》き合っている。

「……このままじゃ可哀想だよ。やっぱりほどいてやったほうがいいんじゃないか……」

「だって本当に爆弾を持っていたらどうする?」

「そうだよ。近づかないほうがいい」

「せめて、猿ぐつわだけでも……」

「よしなよ! 危ない!」

「警察は何してるんだ。まだ来ないのか?」

言いようのない葛藤《かっとう》に襲われた班長だった。

もしこの連中が本物の不死鳥と蜃気楼だとしたら、(まさかそんなことがあるかと半信半疑だったが)自分たちの手で確保したかった。

連邦警察に引き渡したくはないが、この状況ではそんなことは言っていられない。

とにかく、この男女を確保することが最優先だ。

登山者の輪を離れて部下のところに戻った班長は、渋々ながら連邦警察に無線で連絡しようとした。

その時、上空にけたたましい音が響いたのである。

登山者たちが歓声を上げて空を見上げた。

やっと警察が来たと思ったのだ。

だが、その小型艇を見た諜報員たちは別の意味で悲鳴を上げそうになったのである。

(まさか、まさか……!)

(来るな! 来ないでくれ!)

そんな諜報員たちの必死の心の叫びを無視して、報道局の小型艇は避難小屋横の空き地に舞い降りた。

扉が開いて撮影機《カメラ》を持った男が飛び下りてくる。

縛られた男女の顔と立て札の文字をアップで撮り、その前にマイクを握った女性が意気揚々と立った。

「ご覧ください! 大勢の登山者に愛される憩《いこ》いの山に大変な椿事《ちんじ》発生です! この立て札に書かれた内容が事実ならば、ここにいる男女はダルチェフの特殊部隊隊員であり、諜報員であることになります。不死鳥と——蜃気楼ですか? 軍事評論家によれば、この両者は確かに、かねてから存在を噂《うわさ》されていた秘密の部隊だということです。軍事関係者の間ではよく知られた名前だそうですが、しかし、その特殊部隊がよりにもよってこの連邦大学で、このキャラウェイ山でいったい何をしていたのでしょうか⁉」

得々《とくとく》と語るレポーターを目の当たりにしながら、逮捕権を持たない諜報員はまさか報道局の前に顔をさらすわけにもいかず、止めさせることもできず、茫然《ぼうぜん》と見ているしかなかったのである。

なお恐ろしいことにこれが生放送だったのだ。

全宇宙向けの放送ではなく、連邦大学《ティラ・ボーン》限定の地方《ローカル》放送だったのがせめてもの救いだが、少なくとも億単位の人間がこの放送を見たことになる。

この日のうちに、録画したこの放送を見せられた対外防諜局四課のハウエル課長は『貧血を起こして倒れるところだった』と蒼白な顔で語った。

その上司である対外防諜局長のクーパーは奇声を発して実際に卒倒し、病院に担ぎ込まれた。

ベロー宙域情報分析局長のリッジモンドは持病の胃炎が悪化したという理由で自ら病院に駆け込み、政治家の娘の結婚式に出席中だった国際情勢局長のベルンハイムは礼服のまま情報局に駆け戻った。

その頃にはキャラウェイ山のあちこちで縛られた男女と立て札が発見され、救助隊は丸一日がかりで収容作業に当たったのである。

その数は実に三十一人にも上った。

全員、衰弱しているものの命に別状はない。

問題はその後だ。爆弾はともかく強面の男たちが違法な銃で武装していたのは間違いないので、当然、連邦警察の出番になる。

逮捕した不審人物が外国人で、この星で何らかの諜報活動を働いていた疑いが濃厚となれば、今度は連邦捜査局の出番だ。

そうなれば連邦捜査局の上層部から連邦情報局に、説明義務を果たせという要請が入る。

まさに上を下への大騒ぎだ。情報局の職制たちは眠れないほど忙しい日々を送るはめになった。

あの放送を見た連邦委員や政治家、警察高官から既に問い合わせが殺到している。

そして、当然と言えば当然だが、当の連邦大学が激怒した。温厚な人格者のクラッツェン総合学長が珍しくも頰《ほお》を紅潮させ、厳しい口調で、直々《じきじき》に連邦情報局に抗議したのだ。

「当惑星は勉学のために存在する星ですぞ。我々は生徒たちとその保護者に対し、この惑星で快適に、かつ安心して学ぶ権利を保障する義務があるのです。それを、よりにもよってこの惑星に諜報戦争などを持ち込むとは言語道断です」

そんなことはよそでやれというわけだ。

連邦情報局の最高責任者アダム・ヴェラーレンももちろん問題の映像を見た。

見てしばらくは立ち上がることもできなかった。

両手で頭を抱え、心の底から唸った。

「……悪魔の所行だ」

その言い分はあながち間違ってもいない。

これはまさしく情け容赦《ようしゃ》のかけらもない仕打ちだ。

非合法な諜報活動にも最低限の、しかも厳然たる掟《おきて》というものがある。何かとマースを敵視しているエストリアでさえ、こんなやり方でマースの諜報員の姿を世間に晒そうなどとは考えないはずだ。

なぜなら、敵の姿が公《おおやけ》に晒されれば、必然的にその敵と対峙《たいじ》する自分にも光が当たってしまう。

諜報活動に従事する者にとって、それがどれだけ不利に働くかは言うまでもない。

結果的に、自分で自分の自分の首を絞めることになってしまうのだ。

連邦情報局でさえ、これほどてんやわんやなのだ。ダルチェフではいったいどんな騒ぎが起きるのか、考えるだに恐ろしい。

これが原因で、軍部及び内務省では補佐官、次官、幕僚長級《クラス》の首がごっそり飛ぶのは間違いなかった。

12

ダグラスは連邦情報局の人間だと名乗った二人を恐ろしく冷ややかな眼で見つめていた。

一人はゴードン・ブラック。もう一人はポール・スミスと名乗った。いかにも偽名くさい名前である。

二人とも厳《いか》つい顔立ちで体つきも大きく逞《たくま》しい。

諜報員というより軍人のような雰囲気だった。

スミスが無表情に言う。

「遅くなってすまなかった。ダグラスくん。我々はきみを保護するために来たのだ」

ブラックもいくらか威圧的な調子で頷《うなず》いた。

「きみの命にも関わることだ。すぐに我々と一緒に来てもらおう」

キャラウェイ山での大騒ぎから三日が過ぎていた。


あれから完璧《かんぺき》な報道規制が敷かれて、三十一人のその後の状況はいっさい報道されないでいる。

もちろん、あれをやったのがダグラスたちだとは、誰も知らない。

リィの荷物の中から穴を掘るシャベル、立て札にするためのプラスチックの板数十枚、さらに小型の印刷機までが出てきたのを見た時は仰天《ぎょうてん》した。

手書きにしたら筆跡が残るからだとリィは言ったあれからみんなで朝まで必死になって働いたのだ。

レティシアは、自分はこんな肉体労働には向いていないんだと最後までぶつぶつ文句を言っていた。

ヴァンツァーはリィが渡した巻取機を興味深げに眺《なが》めていた。

「釣り糸に見えるが、金属が入っているのか？」

「ああ。普通の紐《ひも》で縛ったんじゃ、登山者の誰かが切ろうとするかもしれないだろう」

全部の作業が終わって、ダグラスはレティシアとヴァンツァーにも礼を言ったが、二人は冷たかった。

「王妃の頼みでは断れないから手を貸したまでだ。俺はおまえのことは知らん」

「そうそう。俺たちはおまえを知らない。だから、おまえも俺たちを知らない。そのほうがいいぜ」

ダグラスは黙って頷いた。

確かにそのほうがいいのだろう。

考えても仕方のないことは考えないことにして、麓《ふもと》まで下りたダグラスは寮に連絡を入れた。

案の定、寮ではちょっとした騒ぎが起きていた。

昨日の昼には戻るはずのダグラスが一晩経っても帰らなかったのだ。捜索願いを取り消さなくてはと安堵《あんど》の表情で言った舎監に、ダグラスは心配させたことを詫《わ》び、崖崩《がけくず》れが起きたことを説明した。

それから三日経った今日、連邦情報局の人間だと名乗る二人が現れたのである。

放課後の構内だった。

この時もリィとシェラ、それにルウが傍《そば》にいた。

ブラックとスミスは頭から三人を無視していたが

ダグラスは芝生《しばふ》に座ったリィを見下ろして言った。

「ヴィッキー、助言《アドバイス》してくれ。きみならこんな時、どうする？」

「おれなら一緒には行かないな」

「なぜ？」

「人間の記憶を覗《のぞ》き見する機械に放りこまれるのはわかりきってるからさ」

「ブレイン・シェーカーのことか？　あれは人権に抵触する機械だぞ」

「そんなの関係ない。共和宇宙連邦の安全と平穏を守るためなら個人の権利なんか完全に後回しだよ」

「そうか」

ダグラスは頷くと、ブラックとスミスの顔を見て、はっきり言った。

「それではご同行は致しかねます」

二人は重々しく首を振った。

「ダグラスくん。残念だが、そうはいかない」

「どうしても我々と一緒に来てもらう。さもないと、きみは今後も危険に晒《さら》される」

「お断りします」

　この男たちが本物の連邦情報局の人間だとしても、自分の傍にいる三人のほうが遥《はる》かに信用できる。

　しかし、この男たちは自分の任務と属する組織に、かなりの自信と強い思いこみがあるようだった。

「そういう反抗的な態度は身のためにならないぞ」

「連邦安全保障条約に基づいてきみに同行を求める。断っておくが、きみに拒否権はない」

「それでもいやだといったらどうします？」

　ここは放課後の構内だ。見晴らしのいい場所だし、芝生の上にも通路にも学生の姿がある。

　こんなところで実力行使はできないと思ったのに、二人は圧倒的な体格を武器にしてダグラスを挟むと、強い力で腕を摑《つか》んできたのである。

　ダグラスは驚いた。実力行使に出たこともだが、用心していたのに簡単に囲まれ、腕を摑まれたのだ。

　この二人は間違いなく戦闘訓練を受けた人間だ。

　十八才の少年の抵抗などものともしていない。

「気の毒だが、手段を選んでいる余裕がないのだ。一日でも早くきみの話を聞く必要がある」

「騒いだりしないように頼む。さもないと、きみを気絶させなくてはならなくなる」

　淡々と、しかし厳しく言って、二人はダグラスを連れて行こうとしたが、あいにくそんな真似をこの天使たちが許すはずがない。

「ちょっと待ってよ。お兄さんたち。話を聞くならここでいいじゃない」

「本当に腕ずくで連れて行く気か？　大人のくせにずいぶん礼儀知らずな真似をするじゃないか」

「本当ですよ」

　男たちはルウを見、リィを見、シェラを見たが、明らかに何の興味も持っていない顔だった。

　それどころか、その視線には、自分たちの邪魔をすればただではすまなくなるぞという恫喝《どうかつ》にも似た物騒な意志が垣間見える。

「邪魔をしたな。我々はこれで引き上げる」

スミスが言い、ダグラスの腕を引っ張った。

「放せ！」

引きずられまいとしてもがいたが、男たちの力は予想以上に強い。それでも諦《あきら》めずにもがいていると、リィが肩をすくめて立ち上がった。

「友だちが腕ずくで連れて行かれそうになったから、腕ずくで取り返す。これなら普通だよな？」

「大いに普通だと思うよ」

ルウも答えて立ち上がった。

シェラは見物である。

結果、どうなったかと言えば、いかにも体力自慢、力自慢に見える屈強な男たちは、すぐにダグラスを解放せざるを得なくなった。

公務執行妨害だと怒鳴《どな》って二人に摑みかかったが、腕力勝負を挑《いど》んでも無駄だった。逆に華奢《きゃしゃ》な青年と子どもに散々もて遊ばれ、言いようにあしらわれて、無様に芝に転がされるはめになったのである。

ルウは芝に腹這《はらば》いにさせたブラックの腕の関節を軋《きし》むほど捻《ひね》りながら、のんびりと言ったものだ。

「こんなに出来の悪い部下を持っているんじゃあ、クーパー局長も苦労するよね」

二人がぎょっとした顔になる。

リィも、スミスの肩の関節を外さんばかりに力を込めながら忌々《いまいま》しげに言った。

「部下の不始末は上司の不始末だからな。それならヴェラーレンの奴に直接文句を言うべきだろう」

二人ともますますぎょっとした顔になる。

痛みとはまったく別の脂汗《あぶらあせ》が二人の顔に浮かぶのを確かめて、ルウとリィは手を放してやった。

自由になった二人にはもう抵抗する体力も気力も残っていない。複雑怪奇な顔で黙り込んでいる。

「はい。そこに座って。手は出さない」

大型犬をしつけるような口調でルウは言った。

「どうしてそう乱暴なのかな？　言っておくけどね。こっちはあなたたちが来るのを待ってたんだよ」

ダグラスは驚いてルウを見た。

ルウもダグラスに眼を向けて頷き返した。

「この人たちが情報局の人なのは本当だから、この人たちが欲しがっているものを渡してあげたほうがいいと思う。そうすればダグラスは用済みだからね。もう狙われることもなくなる。——一時帰国した時、何があったのか、ちゃんと思い出してみようよ」

ダグラスにとっても、それで終わりにできるなら、真剣に考えてみる値うちはあった。

ブラックとスミスにおあずけを喰わせて、ルウはダグラスと向き合って再び芝に座り、堂々と情報を引き出しにかかった。

「ダルチェフに下りたのはいつ頃だった？」

「夕方……いや、ほとんど夜だったな。家に戻ってすぐに夕食だった」

「その時、お父さんとお兄さんは？」

「いたよ。二人とも先に帰っていた。家族揃《そろ》っての食事は久しぶりだったから嬉《うれ》しかったよ」

「いいよ。そんなふうに、とにかく全部話してみて。次の日はまず何をした？」

何週間も前の一日の行動を思い出すのは難しいが、自分に話しかけてくるルウの青い瞳《ひとみ》を見ていると、不思議と心が落ちついてくる。

朝はまず近所の人たちに挨拶《あいさつ》した。

誰と会ったか、どんなことを話したか、なるべく正確に思い出してみた。昼食は昔の友人たちと取り、午後はその友だちの車で遊びに行ったのだ。

「——で、気がついたらもう夕方で、家に戻って、夕飯を食べて、翌日にはこっちに来たんだ」

「家を出てまっすぐ宇宙港に行ったの？」

「いや、市庁舎に寄った」

「お父さんの職場に？　会いに行ったの？」

「いや、会いに行ったのは父の友人の議員たちだ。昔からぼくをかわいがってくれた人たちだから」

「それはみんな、ウピの議員さんだよね？」

「当たり前だろう。ウピ市庁舎だぞ」

ここは市民なら誰でも予約なしで入れる。見学もできるが、歩けるコースは決まっている。ダグラスは議員の息子なので、特別に議員個人の事務室が並んでいる一角に入れてもらったのだ。

ただし、本当に顔を見せて挨拶しただけだ。

「――で、庁舎を出た後は宇宙港に直行したよ」

肩をすくめてダグラスは話を締めくくった。

この話のいったいどこに情報局が目の色を変える要素があるのか、こちらが訊《き》きたいくらいだった。

しかし、ルウは真顔で首を振ったのである。

「ダグラス、よく考えて。市庁舎では、議員さんに会った以外に何かなかった？」

「あるわけないよ。一時間もいなかったはずだ」

まず警備員に挨拶して、グレイドン・ダグラスの息子だと告げて身分証明書を見せた。

一応、見学者として記帳して、一般の見学者とはまったく別の区域に向かった。

父の知り合いの議員たちはみんな地元では立派な名士だが、ダグラスにとっては今もジミーおじさん、マックおじさん、ボブおじさんで通る人たちである。

ジミーおじさんはダグラスを見ると、ことのほか喜んで、昼食でも一緒にどうだと誘ってくれた。

マックおじさんは大柄《おおがら》で陽気な人で、あの坊やが大きくなったもんだと、ひとしきり感心していた。

「それで、ボブおじさんの部屋はどこかってマックおじさんに訊いたんだ。そうしたら四階に……」

ダグラスの声が止まった。その顔が何だか複雑に変化するのを見て、ルウは鋭く訊いた。

「どうしたの？」

「何でもない。確かに四階と聞いたと思ったんだが、聞き間違えたらしくて。本当は三階だったんだ」

「でも、ダグラスは一度は四階で下りたんだね？」

「まあね」

「そこで何があったの？」

「いや、たいしたことじゃないんだ」

「それは聞いてみないとわからない。――話して」

ダグラスは本当に迷って、しかも困っていた。その顔には妙に赤みが差している。怒りのためか、羞恥《しゅうち》のせいか、もしくはその両方だ。

「ボブなら四階、この真上だってマックおじさんに言われたんだ。マックおじさんの部屋は廊下の突き当たりにあったからね。間違いようがない。だからまっすぐそこまで行って……扉を開けたら」

「中には何があった?」

「何も。そこは空き部屋だったんだ。ただ……」

ダグラスは苦い息を吐いて言った。

「誰もいないのをいいことに、別の目的で使おうとしてただけだ」

主語を省《はぶ》いたダグラスだが、意味は充分通じる。

「そこにぼくが入っていったもんだから、二人ともびっくりして飛び離れたけど、驚いたのはこっちだ。午前中の市庁舎だぞ」

「その人たち、もう一度顔を見ればわかる?」

ダグラスはいやな顔になった。

「わかるわけがない。そんな時にじろじろ見るのは失礼だろう。すぐに謝って引き返したよ」

「じゃあ、どんな感じの人たちだったかは言える?年齢とか、髪型とか、服装とか……」

「女性は赤いスーツだったよ。男性は軍服だった」

おあずけを食らっていたブラックとスミスが俄然《がぜん》、目の色を変えて身を乗り出した。

「それだ!」

ダグラスだけがきょとんとしている。

「それって?」

ルウは二人に再び『待て』をかけて、ダグラスに視線を戻した。

「それはもちろんダルチェフ正規軍の軍服だよね。階級はわかる?」

「尉官だったと思うけど、それがどうかしたのか?市庁舎に軍人がいることは珍しくないぞ」

「その二人、どの程度の親密さに見えた?」

「何だって?」

「つまり恋人同士にも段階ってものがあるでしょう。初対面なのに互いに好感を持って、もののはずみでそういうことになったのか、それともずっと前からつきあっているのか……」

「後のほうだ」

きっぱりと断言したダグラスだった。

「あの二人は絶対に初対面なんかじゃない」

ルウは深いため息をついたのである。

「ダグラス。たぶん、その男女はお互いに知らないふりをしなきゃいけない秘密の間柄だったんだよ。それなのに親しくしているところをきみに見られた。市庁舎にはきみの顔を知っている人も大勢いるし、その二人がきみの身元を突きとめるのは難しくない。だけど、きみは市庁舎を出たその足でダルチェフを出国している。だから追いかけてきたんだ」

ダグラスは絶句した。

ルウが何を言っているのかわからない様子だった。

「まさか……？」

「本当だよ。ダグラスは見てはならないものを見た。だから彼らはダグラスの口を塞《ふさ》ごうとしたんだ」

「馬鹿な！　だってそんな！　そんなことで⁉」

「言えてる。秘密のデートをうっかり目撃したから死んでもらいますって？　冗談じゃないよね」

ダグラスは自分が見たものの意味など知らない。

顔も覚えていない。ただ、真昼の市庁舎でこんなことをするなんてと顔をしかめたに過ぎない。

しかし、その男女には自分たちを見られたことは死活問題だった。黙らせなくてはと思い込んだのだ。

その結果が特殊部隊を投入する大騒ぎである。

リィもシェラも深々とため息を吐いていた。

「馬鹿にも程があるってこういうのを言うんだな」

「同感です」

「ちょっと考えれば、放っておいても害はないってわかったはずなのにねえ……」

ルウも呆《あき》れたように呟《つぶや》いて、それからおあずけを喰わせていた二人を見た。

「さあ、これで欲しいものは手に入ったでしょう？　当日ウピの市庁舎にいた軍人を全部調べればいい。赤いスーツの女の人もだ」

ブラックとスミスはまだ躊躇《ためら》っていたが、ルウはにっこり笑って言った。

「あなたたちが強引にダグラスを連行しようとしたことはクラッツェン学長に話しておくからね。連邦大学の学生は学ぶ権利を保障されてるんだ。たとえ、連邦情報局でも本人の意志を無視して無体な真似はできないんだよ。学長からツァイスにも話を通してもらうから、ダグラスが向こうの学校に戻った後にのこのこ顔を出したりしないように。そんなことをしたら困るのはそっちだからね」

穏やかな口調の裏にはまったく違うものがある。

肉体派の二人にもそれは感じ取れたらしい。

慌《あわ》てて引き上げていった。

数日後、ディオンがルウに会いに来た。

正確にはルウが再びディオンを呼び出したのだ。

ただし、今度は自分の名前でだ。

来ないかもしれないと思ったが、男は律儀《りちぎ》に現れ、開口一番、盛大に嘆《なげ》いたものだ。

「まったく、参ったね。あのでたらめ放送のせいで、俺のとっておきの情報が台無しだ」

「でたらめなの？」

「警察や救急隊より速く報道局が駆け付けるなんて、どう考えても変な話だぜ。ちょっと確かめてみたら、報道局の上のほうに中継の要請があったらしいな。キャラウェイ山でこれこれの騒ぎが起きているからすぐに飛べって。どこからの要請かはわからないが、蜃気楼と不死鳥の名前も知ってたらしい」

「へえ、そうなんだ？」

ルウは平然と言って、ディオンを見た。

「あなたが突きとめようとしていたのは人間のすり替えのほうでしょう。——何かわかった？」

「ここだけの話にしてくれるか？」

「もちろん」

「赤いスーツの女性は主席特別補佐官の秘書だった。その日、確かに補佐官はウピを訪問してるんだ」

「軍服の人は？」

「そっちはまだ詳しいことはわからないが……」

話の先を促《うなが》すルウの視線にディオンは苦笑して、

「いろいろとおもしろいことがわかったぜ。問題の補佐官秘書は——仮にエルサという名前だとしよう。本物のエルサは五ヶ月も前に殺されてた。代わりに、坊やが見た赤いスーツの女がエルサに成り代わった。エルサそっくりに整形して、エルサの部屋を模した施設で一年以上暮らしていたらしい。驚いたことに、そこには連邦議事堂や主席官邸そっくりの建物まであったそうだぜ。もちろんダルチェフでも極秘中の極秘の施設だからな。存在を知っているのもそこに出入りできるのも、ごく一部の人間だけだ」

「軍服の人もその一人だったんだ？」

「ああ。かなりのお偉いさんの息子らしい。それが潜入する予定の諜報員と恋仲になったなんて、まあ、向こうにしてみればとんでもない話だろうよ」

「だから、あれだけの大騒ぎをしてダグラスの口を塞ごうとするのも頷けるって？」

「結果的に派手に自分の首を絞めたことになるがね。——しかしまあ、これで坊やも安心して国に帰れる。あの坊やはどこから見ても善良な一般市民だからな。また普通の生活に戻れるのは結構なことだ」

「ほんと、よかったよね」

嬉しそうなルウの声にはどこか寂《さび》しそうな響きが混ざっていた。

ディオンが無言でルウを見る。

ルウはうっすらと微笑して言った。

「ぼくたちはどう努力しても普通には程遠い存在だ。だから精いっぱい普通でいようとしてもがいてる。この社会では普通でないと生きていけないからね」

ディオンは肩をすくめて笑った。

「学生の頃からおまえは普通じゃないんだと、他の人間とは違うんだと周りに言われて、鳴り物入りで今の仕事に就いた俺の立場はどうなるんだ?」

「さあ?　自分は特別だと思い込んで、今まで通り自分の仕事をしていればいいんじゃない?」

そう言って、ルウはディオンに小さな記録媒体を差し出した。

「必要ないかもしれないけど、三十一人の顔写真」

ディオンがちょっと眼を見張った。

「この近所であんなことがまた起きるのは困るんだ。何とかするのはそっちの仕事でしょ?」

ディオンは微笑して、それを受けとった。

「ありがたくいただくよ」


ルウと別れたディオンは、その足で、恒星間通信センターに向かった。

誰でも自由に使える施設である。その一つに座り、ディオンは中央《セントラル》座標内のある番号を呼び出した。

ややあって応対したのは、穏和そうな顔立ちに、特長のある鋭い眼をした初老の男性だった。

国際情勢局長のベルンハイムである。

ディオンは単刀直入に言った。

「彼らの身柄は?」

「まだ捜査局だ。クーパーも交渉を続けているが、捜査局がなかなか手放そうとしないらしい」

「顔写真でよければ今から送ります」

「どうやって手に入れた?」

「それが、何とも不思議な協力者がいましてね」

ディオンはあの、どこか少女めいた容貌《ようぼう》の青年を思い出して微笑した。

自分が話した情報には真実もあれば虚偽もあった。しかし、あの青年の眼差しを見る限り、何もかも見透かされていたような気がしないでもない。

「確証はありませんが、ダルチェフの連中があんなことになったのも、その協力者が何か関わっている気がしてなりません」

「何者だ?」

「まだ学生ですよ。名前はルーファス・ラヴィー。サフノスクの二年生です」

不断のベルンハイムは自分の表情を決して部下に読ませたりしない海千山千の古狸《ふるだぬき》である。

しかし、この時は奇跡が起きた。

露骨《ろこつ》に表情を変えたりはしなかったが、その眉《まゆ》がぴくりと震えたのをディオンは見逃さなかった。

無論、ディオンは素知らぬ顔で言ったのである。

「学生にしておくのは惜しいくらいの逸材《いつざい》ですよ。今のうちに、うちにスカウトしたらどうです？」

「……考えてみよう」


ドレイク寮で迎える最後の朝だった。

寮の面々は先日、お別れパーティを開いてくれて『また戻ってこいよ』と激励の言葉を掛けてくれた。

すっかり荷物をまとめて挨拶に来たダグラスに、舎監は今までの留学生に訊いたのと同じ質問をした。

「この留学はあなたにとって有意義でしたか？」

ダグラスは重々しく頷いたのである。

「ええ。もちろん。とても有意義なものでした」

寮を出ると、リィが見送りに来ていた。

ダグラスは握手を求めて無言で右手を差し出し、リィも黙ってその手を取った。

微笑を含んだ顔でダグラスが言った。

「最後にこれだけは訊いておきたいんだが、きみはいったい何なんだ？」

リィが答えないのはわかっていたのだろう。

だからこそ、リィはちょっと肩をすくめて笑うと、珍しく冗談を言ってみた。

「実は連邦情報局に属する秘密諜報部員なんだ」

ダグラスが眼を丸くする。次に小さく吹き出した。

「そういう秘密のヒーローに助けられた一般市民は、『あなたのことは誰にも言わない』として去るんだ。——映画ではね」

リィが何か言う前に、ダグラスは笑って言った。

「約束するよ」

リィも笑った。

小さな少年と肩を並べて歩きながら、ダグラスはこんなことを言った。

「サフノスクに入学しようと思っていると言ったら、きみは止めるかい？」

「いいや？」

リィはおもしろそうな顔になって、

「ダグラスが決めたことなら、またここへくるのがいやでないのなら、いいんじゃないか？」

「確かに。今回のような刺激的な体験はもう二度とごめんだが……」

まじめくさってダグラスは言った。

「ジェイソンの庭で、またきみと話をしたいんだ」

あとがき

仕事中は甘いものが止まりません。

脳の栄養になるのは糖分だけだとどこかで聞いた覚えがありますが、確かにその通りで、せっぱ詰まってくると、チョコレートやどら焼きなど、いくらあっても足りません。

当然、体重計が恐ろしいことになります。夏の間に少しは減らしたいのですが……。

この本と一緒に『王女グリンダ』の文庫版が出ます。

懐かしいと言うより、恐ろしいくらい昔の本なので、読みやすいように直してみました。よろしかったら手にとって見てください。

それと、今年の秋十一月二十五日に中央公論新社から『C★N25』という本が出ます。

その名の通り、C★NOVELS作家全員集合のアンソロジー集です。

そこに、デルフィニアの外伝に当たる短編を書きました。

タイトルは『がんばれ、ブライスくん！』

要するに、そういう話です（笑）。

茅田砂胡

ご感想・ご意見をお寄せください。

イラストの投稿も受け付けております。

なお、投稿作品をお送りいただく際には、編集部
(tel:03-3563-3692、e-mail:cnovels@chuko.co.jp)

まで、事前に必ずご連絡ください。

〒104-8320　東京都中央区京橋2-8-7
中央公論新社　C★NOVELS編集部

C★NOVELS Fantasia

ミラージュの罠《わな》
――クラッシュ・ブレイズ

2007年7月25日　初版発行

著　者　茅田《かやた》 砂胡《すなこ》

発行者　早川 準一

発行所　中央公論新社
〒104-8320　東京都中央区京橋2-8-7
電話　販売 03-3563-1431　編集 03-3563-3692
URL http://www.chuko.co.jp/

印　刷　三晃印刷（本文）
大熊整美堂（カバー・表紙）

製　本　小泉製本

Published by CHUOKORON-SHINSHA, INC.
Printed in Japan　ISBN978-4-12-500991-9 C0293

第4回 C★NOVELS大賞 募集中！

生き生きとしたキャラクター、読みごたえのあるストーリー、活字でしか読めない世界――意欲あふれるファンタジー作品を待っています。

賞

大賞作品には 賞金100万円

刊行時には別途当社規定印税をお支払いいたします。

出版

大賞及び優秀作品は当社から出版されます。

応募規定

❶原稿：必ずワープロ原稿で40字×40行を１枚とし、80枚以上100枚まで（400字詰め原稿用紙換算で300枚から400枚程度）。プリントアウトとテキストデータ（FDまたはCD-ROM）を同封してください。

【注意!!】 プリントアウトには、通しナンバーを付け、縦書き、Ａ４普通紙に印字のこと。感熱紙での印字、手書きの原稿はお断りいたします。データは必ずテキスト形式。ラベルに筆名・本名・タイトルを明記すること。

❷原稿以外に用意するもの。

ⓐエントリーシート（http://www.chuko.co.jp/cnovels/cnts/よりダウンロードし、必要事項を記入のこと）

ⓑあらすじ（800字以内）

❷のⓐⓑと原稿のプリントアウトを右肩でクリップなどで綴じ、❶❷を同封し、お送りください。

応募資格

性別、年齢、プロ・アマを問いません。

選考及び発表

C★NOVELSファンタジア編集部で選考を行ない、大賞及び優秀作品を決定。2008年3月中旬に、以下の媒体にて発表する予定です。

- 中央公論新社のホームページ上→http://www.chuko.co.jp/
- メールマガジン、当社刊行ノベルスの折り込みチラシ及び巻末

注意事項

- 複数作品での応募可。ただし、１作品ずつ別送のこと。
- 応募作品は返却しません。選考に関する問い合わせには応じられません。
- 同じ作品の他の小説賞への二重応募は認めません。
- 未発表作品に限ります。但し、営利を目的とせず運営される個人のウェブサイトやメールマガジン、同人誌等での作品掲載は、未発表とみなし、応募を受け付けます（掲載したサイト名、同人誌名等を明記のこと）。
- 入選作の出版権、映像化権、電子出版権、および二次使用権など発生する全ての権利は中央公論新社に帰属します。
- ご提供いただいた個人情報は、賞選考に関わる業務以外には使用いたしません。

締切

2007年9月30日（当日消印有効）

あて先

〒104-8320　東京都中央区京橋２-８-７

中央公論新社『第４回C★NOVELS大賞』係

主催・C★NOVELSファンタジア編集部